U0019244

格雷安・葛林

GRAHAM GREENE

沉靜的 美國人

The Quiet American

目錄

導讀一

葛林的色調

文／莎娣．史密斯*

格雷安．葛林說過，「我得找個宗教，來衡量我有多邪惡。」如此看待葛林這位「天主教小說家」（他很討厭這個稱呼）似乎是正確的觀點：在選擇基督作為最高標準之前，他熱中以己度人。二十世紀的作家沒人比他更會幫人打分數了。平庸的小說家用大量篇幅區分好人與壞蛋，葛林則是擅長多元差異分析的大師，像是將邪惡細分為殘酷、刻薄與愚蠢的惡意。他的人物活在一個精密校準的道德體系裡，經歷不同程度的失敗。所以，在葛林的作品中沒有做好人的具體作法，只有上百萬種或多或少的惡。

由於葛林擅於呈現作品中荒誕怪異的面向，如直白的性慾、流浪癖、紀實文學等等，於是評論者經常忽略他作品中道德寫實主義的見微知著，反而牢牢將他定位在冒險小說家厄斯金．柴德斯、連．戴頓、亞歷克．沃、約翰．勒卡雷等人的行列。葛林肯定是對驚悚類型感興趣的作家——他在青少年時期就玩過真槍實彈的、致命的俄羅斯輪盤。我們也不該忽視葛林的書架上有很多亨利．詹姆斯的書。無論葛林兼具何種身分，他無疑是個文學雙面間諜，當我們重讀被葛林視為文學先驅者的亨利・詹姆斯之作（而非他的童年偶像亨利・萊特・哈葛德〔Henry Rider Haggard〕）得以發現他作品的深度。如同詹姆斯的作品，在葛林的小說之中，所有人的個性變化都被放到檯面上剖析。

我們偏好用我們界定自我的性格差異來定義他人（「相較於他的憤世嫉俗，我是善良的」），往往一旦面臨戰爭、死亡、失落與愛情等人類絕境時，差異將會不攻自破。「人性不是黑白分明，而是黑灰交雜。」葛林不是第一位這麼說的小說家，但他的灰色多樣化到神奇的程度。

我們也必須在這片灰色地帶中看待《沉靜的美國人》書中晦暗的三角關係：鳳的坦誠愛富，弗勒的疏離和派爾的純真。這豈不是個結構絕妙的小說嗎？讓人想起疊疊樂遊戲，每抽走一根棍子都不能動到其他棍子。讓這三個人巧妙平衡是個高明的把戲——比較與對照他們的憤世嫉俗，他們的希望，他們各自的失敗——但光是權衡度量並不足以讓我們對他們的個性作出蓋棺論定、公允服氣的評斷，那等於表示讀者的工作已經完成了。曾經說過「當我們無法確定，我們才活著。」的葛林必然不樂見他的讀者因此而滿足。

在《沉靜的美國人》中，內心的道德矛盾是整本小說的基本架構。先前我提到了精密校準的道德體系，這讓我們想起謹慎權宜的詹姆斯作品《歐洲人》，但把你的角色放在戰場上而非畫室又是另一回事了！在戰場上你無法確定任何事。在葛林的世紀，即使有些戰事最初開戰的理由早已變得模糊，卻仍持續進行，他總是不由自主地被那些最混亂的衝突所吸引。

永不止歇的戰事亦影響了他筆下的人物，顯示出他們不確定與混淆的道德觀。即使如此，越南女子鳳與駐外記者弗勒的邂逅，至少對弗勒而言，是椿可以寄託希望的情事，在進退兩難之間有個小小的安身處。「我深信有煉獄，」葛林曾在訪談中說道，「煉獄對我來說很合理……人因此會想要易地而處。我無法相信只有享福的天堂。」

相信天堂的派爾闖進了弗勒的煉獄。派爾帶著對越南的宏大信念來到當地，不論利誘或用計都要迫使越南就範。但他不是小說中唯一執著誤入歧途、自圓其說的人。派爾有他對弗勒的看法，但弗勒也有自己對派爾的看法（是本書的敘述主軸），這個看法錯誤地把派爾設想成比實際面目更沉靜的美國人。而且雙方同樣都對鳳抱持扭曲的、無可避免的殖民價值觀。

這些看法都不可盡信，裡面充滿了個人欲求。葛林了解我們深層動機中的自私暗流（他青少年時期固定和一位榮格派學者作心理分析），他能獨特地從微觀的親密關係（戀愛中的情侶）到宏觀的地緣政治後果中追蹤這些欲望的進展。他知道一個國家可能愛上另一個國家，往來密切，逐漸厭倦和傷透對方的心。在《沉靜的美國人》裡，個人動機跟他們的政治鏡像是相關的。看看弗勒對前妻來信的即席評論。只要提到一個人，就想到一個國家：

誰又能怪她刺戳我的傷疤以資回敬？當我們不快樂時，傷口就會痛。占有的行為中就有傷害，我們的身心太狹小，占有時不免驕傲，被占有時難免感到屈就。不幸的是任何衝突總會把無辜的第三者牽涉進去。無論何處，瞭望塔的呻吟聲，便是例子。我想，「對於自己做為一名自由自在的報導者，而不是一名主筆，你感到多麼驕傲，然而在這層帷幕背後你又糟成一團。真正的戰爭比你還單純，槍砲造成的傷害還比較有限。」

葛林的個人政治層面的運作方式不是把複雜的關係扁平化，而是高明地揭示關聯把它牽引出來，甚至坦承對異國的戀慕與對異國女子的戀慕密不可分。（葛林被問起為何去越南時，回答「一部分是因為女人的美麗——太美了。」）我們都有讓心愛的人自由，同時服從我們意志的並存欲望，這同樣適用於派爾與鳳和她出身國家的矛盾關係。這些對照正是葛林證明自己不只超越窮酸文人，也比許多英國小說家高明之處。

在這個象徵性的三角戀愛中，鳳在某個程度上確實代表越南，但她仍然處處保有自我。她是比派爾會跳舞的白衣女子，她蜷縮在床上讀關於安妮公主的書。她不暴露自己的意圖。葛林並非如你想像他對她的人生所知甚少或缺乏想像就省略描述，事實上是鳳擺脫了象徵的重擔，自在地過活；在弗勒的觀察敘述之外，她在卡提拿街有自己的祕密生活——買絲巾、喝奶昔——因此推翻了讀者的既定印象，以及理所當然地要求她作為整個國家的象徵。

我們都有同感，派爾想從弗勒身邊偷走的是個活生生的女人，而不只是女人的概念。弗勒為了保護鳳的個人特質免於派爾的僵化信條，但他只做到了一半。弗勒有高度的自覺，當他保護鳳對抗派爾對她的看法，反而讓他自己陷入了新的尷尬處境。其實，他的第一人稱評論比作者自己對於殖民主義的醜化更有警覺性，這時小說似乎落入了比較概括的第三人稱：「因為聲音也有顏色之分，黃色聲音像唱歌，黑色聲音像漱口，而我們的聲音只像是說話。」

值得指出的是，這些意識形態盲點原本都是創意的敗筆。葛林本身必須跨出更遠更令人滿意的想像力躍進，才能想出弗勒在鳳耳中聽起來是什麼樣子。然而這種失誤並不常見。即使對弗勒，這也是很政治性的工作。自出版以來，剖析派爾這個人的政治天真，似乎逐年獲得更多的共鳴：

> 我向上帝祈求你知道自己在搞什麼。喔，我知道你的動機是好的，向來如此……有時候我倒情願你生些壞動機，那樣你可能會對人心有多一點瞭解。這句話對你的國家也很適用，派爾。

但是沉靜的美國人不會學習。到最後他都認定信念比和平重要，觀念比人民重要。他的世俗純真是一種基本教義：他相信人必須要有信念。即使需要利誘或耍手段。

重讀這本小說強化了我對全世界的派爾們的恐懼。他們無意傷害我們，但是終究造成了傷害。葛林的偉大成就是允許弗勒這種犬儒分子堅持認為派爾在現實中的死亡只是種象徵，以維護人生目標。至少弗勒有足夠理想性認為世界上沒有任何信念有權利殺人。當派爾質問弗勒有沒有信念，相信什麼，他說「喔，我可不是唯心主義的信徒。我相信我的背正靠著這堵牆。我相信那邊有一挺輕機槍。」派爾回答，「我不是那個意思。」

葛林的作品正是那個意思。他提供給我們的希望是只有觀察入微者才能給的。他用細節捍衛我們，讓細節去對抗派爾那些宏大、平凡、無人情味的信念。我們已經花了太多時間捍衛葛林如何對抗新聞專業的墮落；我們應該把他視為史上最出色的記者。如果有更多記者能將報導寫得像葛林描寫廣場爆炸那一段一樣好，眼前的戰爭還能持續多久？

對葛林來說，魔鬼藏在細節裡，但救贖也在裡面。完美呈現日常細節的累積，讓我們感覺像個人，遠離大數據，回歸自我。有多少記者能寫出這種報導——或其他類似的文章？

……他燦爛、端正、有效率地微笑，像微笑的軍用縮寫版……槍聲像時鐘指針在地平線各方響起。「你想喝杯茶嗎？」「謝謝，我已經喝了三杯。」這種對話真像會話課本裡的問答練習。書上常說人在恐懼的時刻會想到上帝、家庭，或女人。我佩服他們的自制力。我什麼都沒想到，連我頭頂上的活動門也沒想到。在那幾秒鐘，我害怕得感覺不到自己的存在，全然被恐懼攫住。在梯子頂端，我撞到了頭，因為太害怕，我連數梯級都忘了，聽不見，也看不見。然後我的腦袋探出瞭望塔的地面，沒有人對我開槍，恐懼才消失。

一九九一年，葛林去世時，一向在同儕間評價不高的金斯利·艾米斯為他寫了篇漂亮又恰當的訃聞：「他將廣受世人懷念。直到今日，他是我們當代最偉大的小說家。」艾米斯和葛林對於偉大小說家的定義跟現在的概念不同：他們是用筆工作的人。不矯揉造作的人，務實而入世，為讀者而非書評人寫作，像個記者每天盡量生產最多字數。當今的英文作家寫作在質與量兩方面總是斷斷續續，熱衷於區分「娛樂」與「文學」，結果兩者都寫不出來。這是極少數葛林不太在意的區別之一。報導文學變成小說又變成電影；他有幾個短篇故事源自他自己的作夢日記。他還曾視需要作夢：某天發現自己被困在小說裡，他帶著問題上床睡覺，早上醒來就有了對策。「寫書陷入瓶頸……那個夢出現而且似乎很適用。」

任何作家都會羨慕如此難以抗拒、充滿並行衝勁的想像力——他從來不缺故事，他浸淫其中。他有句名言說童年是小說家的存款餘額，葛林的童年——讀公立學校的慘況，與校長父親的權力鬥爭，青春期被他的精神醫師的老婆勾引，自身的瘋狂以及面對上帝欲拒還迎——他永遠不缺靈感。英語文學中有很多天生的說故事大師，但葛林的獨特之處是他對自己豐富題材的控制力。眾所周知，沒人比他更能把戰火蹂躪下中南半島的複雜線頭編織成一氣呵成的小說，沒人可以寫得像《沉靜的美國人》那麼環環相扣、精彩萬分。

* 莎娣．史密斯，英國著名作家，著有《白牙》、《簽名買賣人》及《論美》。《白牙》被《時代雜誌》選為「百大最佳英文小說」。

導讀二

入戲的觀眾——我讀格雷安．葛林

唐諾

我個人知道葛林相當早，但真正開始讀葛林則相當晚，差了將近十年時光，看起來閱讀一事也和生命中美好事物的光臨一樣，光是知道有時還嫌不夠，還得仰賴一點點機緣。

結束這段知而未讀、躊躅時日的關鍵，只因為一個人的一句話，那是哥倫比亞的賈西亞．馬奎斯，我讀到他一份訪問文字（只要有賈西亞．馬奎斯這個名字安於其上的任何文字，我從不會放它從我眼前沒事走過去，多年以來，這已從習慣內化成某種本能了），被問到當代小說家他喜歡哪個時，馬奎斯的回答正是：「威廉．福克納和格雷安．葛林。」

卅歲才開始的葛林，當然，還有福克納。

我很喜歡牢牢記住並跟人家講這個閱讀葛林的簡單經過，一方面因為這確實是一趟不虛此行的美好旅程的開始，往後十幾年斷續讀下來，我對葛林的小說從未失望過；另一方面是，由此葛林又變成我「閱讀隔島躍進」的另一個新跳板，由他的小說由他的話語再次連綴到其他人其他書，比方說塞萬提斯的《唐吉訶德》(當然，這書誰年輕時都唸過，但因為葛林它成了一部非得重來不可的新書了，這類的事在閱讀時常有)，比方說康拉德，或甚至寫《冷戰諜魂》、《鏡子戰爭》的勒卡雷，勒卡雷是那種你傻傻遵循正統小說線索較容易錯過的好小說家。如此，新的書新的人又會再牽扯出更多的人來，沒完沒了，這個宛如核分裂連鎖反應的閱讀經驗，唯一的缺點是讓你忽然貪生怕死起來，會不斷跑出你堅持非要讀完才肯慷慨赴死的又一本書來。

「下一本書在哪裡?下一本書就藏在你此時此刻正讀著的這本書裡面。」——我以為這符合了相當一部分的閱讀真相。這本書和那本書之間，也許時間空間相去甚遠，隔了幾萬哩大洋或甚至更遠更無以跨越的千年時光，但正如大導演費里尼講的，它們仍可能做著相同的夢，擔憂害怕相同的事物；或如阿根廷的盲詩人波赫士所講的，對相同的困惑一樣發出詢問。做為一個讀者，你安靜下來細細聆聽，會聽到書和書的以聲相求，似在召喚同類，你不小心逮到其中一個，便可以像個聰明狡獪的獵人，你好整以暇，知道其他仍躲藏的如今只是假以時日的問題罷了。

正是書與書這樣的奇妙聯繫，我們所賴以開啟閱讀的所謂機緣才成為可能——畢竟，單一個光禿禿的書名或人名，往往不足以讓你打開書本決志一讀(誰不早早曉得一堆好作家、好書的名字呢?甚至還清清楚楚知道放在哪家書店的哪個架子上)，或即便勉強打開來，卻像調不到準確的頻道般，怎麼也接收不到書中的訊息。事實上，在書與書、人與人的有效聯繫之中，它所傳遞的除了名字之外，同時也必定攜來了某種啟示，某種不一樣的觀看角度和視野，或者至少一個力大足以讓你持續看下去的必要「支撐」，也許它就只是一句再簡單不過的話，正如馬奎斯講葛林，或自由主義大師以撒·柏林說赫爾岑的《我的過去與思想》是「整個十九世紀最偉大的自由主義之書」，但你真正接收到的訊息其實不單單只是這句話而已，因為講話的人是馬奎斯或柏林這樣你相信不疑的人，因為在此之前你讀過說話的人一部部書，這一部部書彷彿在你心中堆疊起來，把這麼一句簡單的話化為高處之上的一根堅定的、有指示焦點的手指頭（你是否同我一樣，也想起馬奎斯在《百年孤寂》書中新馬康多村子建造之前的那段話：「世界太新，很多事物還沒有名字，必須伸手去指。」）你順此登高得以望遠，看到完全不一樣的眼前風景，並由此找到進入之路，簡單的像個一不小心就會錯過的奇蹟，並有點懊惱何以之前這麼長的時間就是沒看出來。

這通常是閱讀經驗中最好的一刻。

下一本書就藏在這本書裡，但這本書呢又在哪裡？擇書不如撞書，就葛林吧，葛林會是個很好的開始。

最會說故事的人

當然，每一個了不起的作家都是獨特的、不可替代的，就像我們常講天底下沒任何兩片雪花長得一模一樣。然而，就算在如此認知的基礎之上，我們仍得再次強調，在所有的獨特之中，葛林真的是無以倫比，尤其就二十世紀的小說發展實況及其限制來看，葛林完成太多奇怪的事，少有人能像他那樣。

首先，葛林極可能是二十世紀小說家中最會、也最專注於說故事的人，這裡，我們講的不只是他的小說數量，還包括他的小說實質內容。

從一九二九年出版《第二個自我》以來，葛林整整寫了六十年的歲月，其中光是長篇小說就交出廿五部之多，其他還有短篇小說、劇本、自傳、遊記、詩集、論文集、報導文學、傳記云云，非常嚇人，對創作力，尤其是長篇小說創作力普遍陷於萎頓的二十世紀小說（尤其是葛林所從來的、開發過度的現代小說原鄉西歐），葛林的豐美是極其動人極其醒目的。

葛林不只寫這麼多小說，怪的是他還像十九世紀偉大的寫實小說家那樣子書寫——葛林的小說視野寬廣，格局恢宏，敢於碰觸西歐小說業已遺失近百年的大題目，包括一場戰爭，一次政變或革命；而且葛林始終執著於實相，認真創造人物，構思情節，讓想像力在具體的世界之上奔馳，不躲不閃不裝神弄鬼，不在關鍵技窮之際莫名其妙的化成一道輕煙不見，就像你在廿世紀小說經常看到並為之氣結那樣子。

葛林的每部小說都是個好故事，這讓他有餘裕和自己的作品調笑——一度，葛林把自己的小說分兩組，分別標明為「正經小說」和「娛樂小說」，但這個玩笑沒開太久就宣告放棄，原因很簡單，即便由作家本人來分類，這兩者也從未涇渭分明過，事實上，葛林再陰黯再嚴肅的小說都一樣有著可堪讀者享樂的好看故事和情節；同樣的，再輕鬆再頑皮的作品，也都深沉專注，一句話，都一樣是葛林的小說。

其次，葛林是最會寫男女偷情的小說家，這方面，他的規格不只是二十世紀，而是人類整個文學歷史，沒有任何人比他更會寫偷情。

這有一部分得歸功於他的真實經驗。葛林於一九二七年結婚，並因此改信天主教，但他的婚姻和信仰都沒因此安定下來，前者在他育有一子一女之後便宣告分居（天主教不允許離婚，因為他們直到今天還相信「神所結合的，人不能分開」），而改由長期的偷情來替代，至於信仰之路則更是無止無休的在懷疑中掙扎，這些我們都可從小說之中看出來。

不少人講過，葛林小說中的女性角色總是次等的、陪襯性質的（「都只是鬼魂」），這話大體沒錯，但其實可以講得更直接更準確些，那就是，葛林小說中的女性便只有在扮演情婦那一刻才煥發光芒——讓我們說誇張一點吧，葛林寫男女偷情，幾乎已屆「至小無內，至大無外」的令人歎為觀止境地，小從一句對白，一個看似自然的停逗，一個瞬間閃逝的失神，甚至一塊晚餐桌上的無辜牛排（真的，見《愛情的盡頭》），其間都能層層疊疊的包藏著猜測、懷疑、嫉妒和怨懟等等奇怪的心思，而葛林就是有辦法把這些瑣細的男女之事搬上枱盤，聯結上轟轟然的歷史大事甚至成為關鍵，在《喜劇演員》中，男主人公布朗正是懷疑滿口大話的瓊斯少校上了他的德國大使夫人情婦，才借力使力把瓊斯弄上山打游擊，最終加劇了革命鎮壓，害死了瓊斯，也讓自己再回不去太子港，從而流落到多明尼加成了滑稽的殯葬業者；在《沉靜的美國人》中，英國籍記者弗勒則因為痛恨美國特工派爾偷走他的越南情婦鳳，設計讓這個年輕天真的美國人中伏遇害，喪生共產黨之手；而更精采的可能還是《痲瘋病人》，那位了無生趣、隨著船走多遠就是多遠而流浪到剛果痲瘋病院的名建築師奎力，誤打誤撞開車載送可憐的賴柯夫人入城驗孕，卻因為女人奇妙的心思，事後賴柯夫人一口咬定他是腹中小孩的父親，因著一場不存在的、女人自我撫慰的想像偷情，被虔信天主的憤怒丈夫射殺。

相較起來，我們一直認為最會寫男女微妙心思的張愛玲、錢鍾書，原來是那麼「文學」。

還有，也是比較無聊的，葛林大概是和諾貝爾文學獎關係最糾纏也最奇怪的作家，他破紀錄的被連著提名超過廿次，卻終其一生沒能得獎。當然，這件事較丟臉的一方是瑞典皇家科學院那班人，意思是，長達廿年以上的時光，他們的文學獎最終名單一直是可疑的、鑑賞力大有問題的。

最終，也是最特別的，葛林同時也是一個了不起的文學國度的創建者，這個國奉他為名，我們稱之為「葛林之國」。

葛林之國的創建者

這裡，我們先來讀一段葛林自己的話，那是《哈瓦那特派員》書中透過那位在哈瓦那賣吸塵器的小商人吳模德講的：「我不會為我的國家殺人。我不會為資本主義、共產主義、社會民主國家、福利國家而殺人。我會因為卡特殺了某某人而殺掉卡特。為了家庭的恩怨殺人，比為了愛國或喜愛哪種經濟體制殺人理由更充分。我愛，我恨，都是我個人的事，我不會在什麼人的國際戰爭之中扮演五九二〇〇之五（書中英國情報單位賦予吳模德的特派員編號）。」今天，住在臺灣的每個人都應該把這段話背下來，尤其是「南國以南」的勇敢臺灣人。

米蘭・昆德拉在談歐洲現代小說時，把時間上推到塞萬提斯的《唐吉訶德》，說那時候小說是「人在無限大的土地之上一種幸福無所事事的冒險旅行」。

好小說家應該有國籍嗎？

當然，在現實之中小說家還是得有出生地點、有納稅義務對象，儘管不見得在意、喜歡、認同或效忠，但不容否認這很難完全逃離，在這層意義上，葛林是英國人殆無疑義；但是除此之外，小說家往往有一種更難以逃遁的隱藏國籍，可以完全無涉於象徵國族的某個抽空名字、歌曲、旗幟乃至於意識形態，而就只是一方素樸的、有著生活現實質感的土地。對於和生活細節有千絲萬縷聯繫需求、甚至傾向於在具象的人事時物之上書寫的長篇小說而言，這一方土地和小說家本身的聯繫總是遠遠早於小說意念啟動之時（沒有哪個小說家是一生下來就打算或直接開始構思小說的），因此，它和小說家的關係是渾然天成的、整體的，在理知選擇之先，且一先就是廿卅年不可逆的時間，難以檢視、難以在他日重建仿製、也就再難以替代。

長篇小說的書寫因此總是農民式的書寫，在同一方土地之上深耕密植，就像契訶夫和他的舊俄小城小鎮與農村，巴爾札克和他的封建巴黎，以及更清楚的，直接講自己就是個農夫、只會在「一塊郵票大小土地上反覆書寫」的福克納和他南北戰爭時期所在的美國南方原鄉。

這方面，葛林完全逆向行駛，他是個持續逃離家鄉的人。

一九三四年，也就是葛林三十歲之時，他徒步旅遊了賴比瑞亞，據此寫了《沒有地圖的旅行》這部遊記，預告了他日後的出走生涯，往後，他的長篇小說便持續由行走的腳、凝視的眼睛和書寫的手所聯合完成：《權力與榮耀》是墨西哥，《事物的核心》是獅子山國，《沉靜的美國人》是中南半島，《哈瓦那特派員》是古巴，《喜劇演員》是海地，《痲瘋病人》是他自己所說「形狀就像人的心」的非洲正中心的剛果，而晚期的《吉訶德閣下》則當然只能回轉歐陸的西班牙云云。

這是「葛林之國」之所由來，意思是葛林小說足跡所及的全數土地的總和，由此組成一個虛擬國家，論這個國家的總面積，可能並不比殖民鼎盛時期、號稱日不落國的大英帝國小多少，但它不是通過欺騙、談判、征戰和殺戮所締建起來，而是由一個了不起的小說家，就憑著他的一身小說家本事，讓這個國從偉大的文學地圖之中熠熠浮現起來。

有關這個史無前例的小說之國，據了解葛林自己並不見得領情，甚至，他還曾如此氣急敗壞的宣稱：「我要高呼：『這是仔仔細細、正正確確描繪出來的中南半島、墨西哥和獅子山國。我不但是小說家，還當過報社的特派員。我向你保證，躺在溝渠裡的死小孩就是那幅模樣，屍體把運河的水都堵住了……。』」

實體的道德景觀

從葛林這樣幾近是神經質的自衛之言中，我們並不難察覺，葛林自己也很清楚，「葛林之國」

的說法既是讚譽，但卻也去除不掉某部分根深柢固的深深疑懼，這疑懼一方面是文學技藝的，多少質疑著葛林這樣一地寫過一地的奇怪小說書寫方式；同時也是歷史道德的，畢竟在西歐的書寫者和葛林足跡所及的這些「邊緣國度」之間，一直更清晰浮現的毋寧是另一個非關小說的書寫譜系，這是為期數百年時光之中由來自歐洲的行商、傳教士、冒險家、軍人和民族誌者所聯手完成的，深烙著帝國主義以我為準的罪惡印記。

我想，葛林真正怕的是後者，所以他才如此刻意強調他的書寫不謬。寫實不見得是文學成就的判準，而且時至二十世紀現代主義以降，甚至已不必然是小說書寫的必要條件了，但在這裡，強調寫實，至少可以和數百年來以歐洲觀點為中心，任意扭曲塗寫其他異質社會的帝國主義書寫傳統劃清界線。

只是，葛林當然不會是在地者、農民式的寫實，他終究是外來的人——這一點，寫過葛林評傳的約翰·史柏齡講得很好，他說：「葛林描寫的這些事實本身可能並不那麼正確，但經過作者的挑選和組合，造成了所謂典型的『葛林風貌』。」「這也不單單是詳細的描寫（否則好的遊記作家或新聞記者也寫得出來），而是像康拉德一樣呈現出道德景觀，描繪當地的情形和身歷其境的人。」

道德景觀，moral landscapes，我個人很喜歡這個說法，但我相信，葛林遠比康拉德擔當得起如此說法。

外來者的書寫，基本上總是一種宏觀的、整體性的掌握，而疏漏於真實細節的理解和感同身受（因此，相當一部分所謂帝國主義的書寫係源自於不了解的急躁和傲慢，而非全然心懷歹意），這方面，葛林之於康拉德有著先天的優勢——此一優勢一方面來自於時間延遲的自然效應，葛林出手的時間晚了幾十年時光，意思是多出了幾十年西歐之於這些遙遠國度的累積理解；另一方面，這又是帝國霸權歷經轉移的幾十年時光，讓這些國家從政治體制、經濟發展、社會結構、生活方式乃至於文化思維承受了不同的衝擊而呈現著不同的軌跡變化，殘酷的來說，這無疑提供了更豐碩的觀看省思線索。

但仍有很重要的一部分優勢是葛林自己。葛林的位置遠在康拉德左邊，這讓他一直比康拉德對當地的現實權力結構和道德景象有著更左翼的高度警覺和更左翼的持續關切，他筆下這些歐洲人也相對的身形更渺小、姿態更謙卑，他們不像康拉德那些帶著家鄉旅行、只停留在船上港邊遠遠瞻望的航海歐洲人，而是揹起行囊上岸，不回頭探入內陸，和當地人一樣的定居生活，一樣承受那裡政治、社會和經濟體制統治的全部風險、挫敗乃至於最終不留情的迫害（較之於當地人唯一的可能優勢只在於，他們終歸擁有個不甚可靠的母國大使館，讓定居失敗的最終逃逸尚成為可能）。因此，葛林筆下這些國家是個個不同的，不同的統治者（墨西哥禁酒禁教的獨裁政權、海地的杜法利耶醫生和他戴墨鏡的祕密警察唐唐．麻酷特、古巴卡斯楚革命前的統治政府，或中南半島上在地的外來的交錯縱橫勢力等等），不同的客觀歷史線索，而不再是康拉德現代主義筆下，一個籠統存在的鬱悶熱帶，一個歐洲人心靈的「異鄉」，只負責扮演流浪或尋道歐洲人命運之途上的某個試煉啟示或救贖而已，甚或只是某個傳說之中的、文學隱喻意味的曖昧國度，因著歐洲人的到來才浮現出地表，也因著歐洲人的再次轉身離去而如海市蜃樓一般復歸蒸發消失。

惟有在如此實存的國家和土地上頭，才可能養活血肉真實的人，就像史柏齡跟著所指出的，葛林小說中在地配角人物是可以脫離主角（歐洲人）而獨立存在的，「葛林之國把這個歷史的轉捩點（意指殖民霸權轉移）記錄下來並且轉變成神話，就像狄更斯筆下早期工業化的倫敦，或契訶夫筆下革命前的俄國。」

也就是說，landscapes，由高低起伏的山脈、河谷、丘陵、平野乃至於人為田園莊舍所建構起來的層疊地表總體圖像，葛林用的不是現代主義的文學布景搭建，而用的是真山真水。這樣的道德景觀，既是心志的，也是實體的，是文學劇場空間，也是歷史真實空間，由此，葛林完成了二十世紀，尤其是二十世紀已然疲憊老去的西歐小說再無力完成、或說再無力恢復的動人文學奇蹟——葛林把小說再次從昆德拉所說那樣「只能低頭瞪視自己靈魂」的窄迫凝視中解放出來，並放手把現代社會分工層疊、攔住人目光的煩人建物再次夷平為廣闊大地，讓久違的地平線再次重現，讓失落的旅程再次整裝而行，人的靈魂和私密命運不再必然隔離如孤島，它仍然可能重新接回人類的總體歷史之流，小說不再只能是佛洛伊德，只能是海德格，它還可以堂皇和李維·史陀對話，和薩伊德侃侃而談，筋骨舒活，元氣淋漓，好看得不得了。

在葛林如此重現的廣闊真實土地之上，就連現代小說失落已久、早已讓渡給新聞報導和通俗小說、好萊塢電影的說故事能力也一併回來了，重新生長——班雅明在一九四〇年代黯然斷言，說故事這項技藝久已失傳，說故事的人，尤其是行商式走遍天涯海角攜回遠地故事的人早已消失，讀葛林的小說，讓我們對此重生僥倖之心。

從老歐洲出走

狄更斯筆下早期工業化的倫敦？契訶夫筆下革命之前的俄國？這是什麼意思？這是歷史時間超過一百年的時光回溯，如果我們用小說書寫意義的語言翻譯出來，意思則成了，這是小說大敘事傳統的尋回，而我們都曉得，那是人類歷史上所曾經有過最輝煌且可能不會再有的小說世代，除了狄更斯和契訶夫，那時還曾經有過托爾斯泰、有杜斯妥也夫斯基和巴爾札克等等，都是最好的小說家，滿滿是今天排列出來仍然最好看的小說。

從這個角度看，葛林的出走，就不僅僅只是空間的挪移而已，讓不同社會、文化、人種的大板塊撞擊出小說書寫所需要的新火花；這極可能也該視為書寫者的一趟奇特的時光之旅——葛林一個一個重新涉過被歐洲人侵入、啟動、納入發展，並等於是絕望地一場一場重演已知災難的國家，這趟旅程係以這些歷史發展時間不一致的掙扎中的社會一站一站排列起來。

一九六九年在漢堡大學演講中，葛林說：「小說家的工作是當魔鬼的辯護律師，為那些處在國法之外的人爭取同情和相當的了解。」

葛林一直是個實質的左派，是那種站在權力反側，大原則堅定不移、但實質生活細節充滿同情，我個人最喜歡的真左派，但不真的如天真愚蠢美國人所相信的那樣，是政治狹義的共產黨徒（美國政府因此對葛林甚為疑慮，很長一段時間不發他入境簽證），他年輕唸大學時確實參加過共產黨，但只待四個星期就跑了出來；另外，葛林對宗教滿滿是省思、質疑、嘲諷乃至於並不留情的鞭打，尤其對人的罪惡和荒謬命運思索不休，但他仍然一直是天主教徒，寧可分居並冒風險偷情而不脫離，也不以為有必要脫離——正如他通過《哈瓦那特派員》吳模德所講的那番話，這些概念的、架空的，甚或只是標籤意義的東西並不困擾他，困擾他的是活生生的人，而且他所回歸的大敘事傳統從來就是在實象和隱喻上書寫，而不是抽象的語意上書寫。

因此，有關葛林何以一生浪跡天涯的猜測，那些左派政治理由的、罪惡驅趕宗教理由的，我想都太一廂情願而且沒太大必要，追根究柢，葛林不是政治人物也不是宗教人物，而是個小說家，他的文學自覺和書寫方式，較之於二十世紀幾乎已和職業身分完全重疊的小說家來看，的確是複雜許多，就像大敘事時代的小說書寫者般涉入諸多的公共領域之中，但主體上，葛林仍是個寫小說的文學工作者。

因此，與其講葛林離開的是英國，不如說出走的是西歐——葛林和大英帝國和女王陛下問題不大，事實上他還多少協助些情報收集工作以賺取經濟待遇或僅僅是素樸的克盡公民義務，當然，這也讓他小說中經常有的情報工作書寫栩栩如生，當代間諜小說大師勒卡雷因此對他推崇備至。

葛林所出走的西歐，是文學乃至於文化意義的西歐，這個現代小說發生並綿密發展的原生地，幾百年下來，像過度耕種的土地，已不可避免的疲憊老去，而且還除魅殆盡，好的，壞的，神祕的，傳統的，罪惡的，衝突的，信念的，理想的，什麼都試過了不新鮮了，也什麼都拆穿了不再可信了——這是一塊已然完成、已成定論到幾近全然透明的小說土地，幾乎所有的可能耕地已全數改建成博物館和研究室，是坐而言的舒服養老地方，而不再是起而行的實踐場域。

新的可耕沃土在拉丁美洲，在東歐，在亞洲和非洲，這些漢娜．鄂蘭斥之為意識形態名詞（非常有道理的講法），但一般仍沿用不疑的所謂「第三世界」，今天我們果真親眼目睹還一直在生產好小說的地帶，也恰恰是，沒錯，葛林之國所涵蓋的絕大部分國土。

當代卡珊德拉

但葛林仍是個外來者，是個歐洲人。

我們把葛林之國的行走和締建說成是一趟小說的時光回溯之旅，當然是有漏洞的、可議的，理由很簡單，因為不同國家不同社會的現代化進展並不真像比方說西歐發展理論（另一種被納入帝國主義傳統或稱之為餘孽的理論）所宣稱的那樣，會一成不變的重演、排隊領聖餐般呈線性排列。固然，人們仍一直受制於大同小異的惡意、愚昧、貪婪、恐懼等等人性之恆常，這方面別說是才相隔百年的歐洲，就是萬年之前的克魯馬儂人亦相去不遠，然而，不同的歷史記憶、不同的文化結構、不同的宗教信仰，以及長期黏著於不同自然條件的不同生活方式和習俗，乃至於不同的歷史敵意和偶然機運在在都是有意義的，即便被歐洲人的政治和經濟秩序蠻橫的硬生生納入，它絕不可能乖巧整齊正如歐陸的昔日時光重現，也因此，葛林的如此時光之旅，便處處是歧路的不知岔向何方和此路不通的斷裂塌陷，途中的景象參差、破敗、傾軋、詭譎、恐怖，滿滿是凶險，但也因此還可能有點希望。

更重要的是，葛林並不真的是沉睡百年，因此毫無歐洲近百年這段歷史記憶的人，在這些

「新」土地之上，很多的發展跡象他似曾相識，甚至了然於胸，他記得陷阱在哪裡，心知肚明致命的打擊會從哪裡悍然而來，美好的信念理想會在哪個階段質變並被黯黑的力量所接收，人們誠摯純潔的堅持和認真掙扎會在何時一切歸於徒然——他和新土地的人們站在一起，休戚與共，內心並不無僥倖的希冀，但終究他記得最後的可能答案和收場。

年輕的土地，和一個孤獨的蒼老之人，這是葛林之國小說的終極困境，一種卡珊德拉困境千年之後的異地重現——卡珊德拉是古特洛伊王國的公主，太陽神阿波羅因戀慕她而給予她預見一切的能力，卻因求愛不遂而咒詛她的預言無人肯信，於是，卡珊德拉知道特洛伊的最終命運，知道她眼前所有人的悲慘下場，她更知道巨大的木馬不是戰利品而是希臘聯軍的屠城詭計，但口乾舌燥，世人聞此皆掉頭。

永恆的異鄉

阿根廷了不起的盲詩人波赫士在他哈佛諾頓講座的第六講〈詩人的信條〉中溫和的談到，有些書得趁年輕的時候讀，「因為如果你已經到了髮蒼蒼而視茫茫的年紀才來讀這些書，這些書可能就不那麼有趣了。我這麼說可能有點褻瀆，如果我們想要享受波特萊爾或者愛倫．坡，我們就一定要年輕才可能得到，上了年紀才來讀這些書的話就很難了，到了那時候我們就要忍受很多事情，那時候我們就會有歷史背景等等諸多考量。」

當然，得趁年輕時做的事，不僅僅是讀波特萊爾和愛倫・坡而已，還有戀愛、革命、理想，這些都要動用到信仰，而人年華老去率先帶來的總是多疑，一種牽絆於太多經驗細節的多疑，所以《聖經》中耶穌要親口說：「你若不能回轉小孩的樣式，斷不得進入天國。」

在葛林蒼老世故的小說中，少有乾乾淨淨的好人，因此有一種好人總特別醒目，古怪得幾乎要從紙面躍出，那就是會讓劇中蒼老歐洲裔主人翁（這裡我們可理解為就是葛林自身）所欣羨甚至尊敬的、那種有著堅定簡單信仰並據此孜孜勤勤工作的人，像《痲瘋病人》中的柯林醫生，像《喜劇演員》中的馬吉歐醫生，或者來自美國（相對於歐洲的另一個年輕的國度），曾異想天開競選過副總統，此番又想到海地推廣素食的史密斯夫婦，但葛林同時又忍不住一直口出譏諷之言，一種又溫柔又懊惱自責的譏諷之言，伴隨著老人愛憐卻又以為不知死活的目光，心思極其複雜。這些心智意義年輕的人，或許正是「葛林之國」年輕土地的隱喻。

後來在暴力鎮壓中得其所哉死去的馬吉歐醫生，托人帶給流亡多明尼加的主人翁布朗一封信：「如果你曾拋棄一個信仰，請不要拋棄所有的信仰。你必能找到一個信仰來取代你失去的信仰。」這樣的話，在《沉靜的美國人》中則出自於共產黨員韓，他告訴主人翁英籍記者弗勒：「每個人遲早都要選邊站，如果他不想失去人性的話。」

很顯然，葛林是知道幸福何在的，但他卻永遠回不了頭伸手去拿，就像老人不能再回轉昔日的青春模樣一般。而現實中更致命的極可能是，如果你哪一邊都不想選也無法選時該怎麼辦？如果你現實人生的理解在在告訴你答案總是以上皆非，就像你厭惡資本主義又不想加入共產黨時怎麼辦？在這裡，想當個人的獲取幸福方式便成了一種更大的懦怯，更大的虛無。

這種老去不回頭的年齡狀態，於是可能不只體現於個人一己身上而已，而且也體現於人類的集體歷史——尤其葛林的小說，已然把個人的命運及其完成打開，和那頭龐大又不隨你意志而轉的世界結結實實聯結起來之後，這種「拋卻記憶／操弄遺忘」的個人心理治療方式、個人信仰歸皈方式便失去了真實的救贖意義了。

百年之前，托爾斯泰寫《復活》，書中幡然覺醒的地主聶黑留道夫將人的重建最終解答，歸於《聖經》的四大福音書，在那個猶可鎖國，甚或關起莊園大門便可完整隔絕煩人世界侵擾的時間和地點，或許還差堪成立，但今天我們曉得，四大福音書的宗教性、道德性建議，完全解答不了政治學的問題，解答不了經濟學的問題，也解答不了生態環保等等所有讓人們持續受苦的問題。這個世界已變得太大、太真實、太排闥，直追人們眼前，因此，它反倒更像一齣看不到結局、沒有主要演員的荒謬劇，我們都只能是觀眾，最多上場兩句臺詞就鞠躬下臺的龍套，是滑稽而不是英雄悲劇的喜劇演員。

在葛林全部的長篇之中，我個人最最喜歡的是，獅子山國那齣把人一步步寫入煉獄的《事物的核心》，以及海地如春夢一場的《喜劇演員》。在《喜劇演員》的卷末，布朗讀了馬吉歐醫生的信，他想的是：「我老早覺得自己非但沒有去愛人的能力——許多人沒有這個能力，連犯罪的能力也沒有。我的世界沒有高崗也無深淵——我看見自己在一個大平原上，行行復行行躑躅於無垠的平地上。有一度我曾有機會走出不同的人生方向，但是如今一切都太晚了。我還是個小男孩的時候，耶穌會的神父曾經告訴我，考驗信仰的方法裡有一種是這樣的：你必定隨時隨地為它而死。馬吉歐醫生也這麼想，但是瓊斯是為了哪一種信仰而死的呢？」

沒高崗沒深淵，行於無垠的大平原之上，有基本地理學常識的人都知道，這是一種老年期的標準地形，水流和緩不復切割之力——在葛林之國每一個仍然年輕、滿是峻嶺深谷的土地上，葛林總是提前看見這最終的圖像。

就像昔日印度的一位老僧侶說的，當你老了，世界上不管哪裡，你看起來總是異鄉。

親愛的芮妮和鳳：

我請你們容我獻上此書。不僅為紀念過去五年中，我們共同度過的許多快樂夜晚；更由於我厚著臉皮借了你們住處一用，以安插我書中一角。還有，鳳，我也借用了妳的名字，因為它對讀者來說簡單、美麗又好發音，雖然在你們國家，女士未必都取這個名字。我向你們保證，此外我也沒再借什麼了。當然，沒有哪個角色是借自越南的諸位。不論派爾、格蘭傑、弗勒、維格或是喬，他們皆虛構人物，與西貢及河內的真實生活無涉。聽說，戴將軍死了，被人從背後射殺的。甚至，我還改動過真實的歷史事件。比如大陸飯店附近的大爆炸，並非發生於腳踏車炸彈之後，而是之前。對於這些小變更，我並無甚顧忌。畢竟這只是個故事而非一段歷史。我僅希望這有著幾名虛構角色的故事，能陪伴你們度過一個炎熱的西貢夜晚。

關心你們的　格雷安・葛林

我不願被煽動，因意念為激起；
行動
則是最危險的事，
我們易於，帶著可怕的責任感陷入
那些人為的事；
心的失職，不法的手段
我為此而顫抖

——A・H・克勞夫（A. H. Clough）

這是一個新發明的專利時代，
不管是為了屠殺肉軀，或為了拯救靈魂，
一切都始自善意。

——拜倫

第一部

第一章

晚餐後，我坐在位於卡提拿街的家中等待派爾。他答應過，「最晚十點我會到。」但直到午夜來臨，我再也等不下去了，遂下樓走到街上。穿著黑褲的老婦們蹲坐樓梯間，雖然已是二月，但我猜想，她們還是嫌熱，沒法待在床上。有個車夫溫吞踩著三輪車經過，逕向河濱駛去。在美國新飛機降落的地方，我見燈火仍亮著。長長的街上，派爾連個影也沒有。

當然，我告訴自己，說不定他在美國公使館有事耽擱。但是即便如此，他也一定會打電話到餐廳知會我一聲——他是非常注重小節的人。我轉身進屋，卻看到一個女孩等在隔壁門前。我看不清她的面貌，只能看出白色絲質長褲，長旗袍[1]上印著花。但僅憑這些，我就能認出她。從前她也常在同樣的時地等我的門。

「鳳。」我喚她——鳳是寓言中的不死鳥，歷五百年自焚而亡，復重生於灰燼中，但如今再無事物能如傳說中浴火重生的不死鳥了。不用她開口，我也知道她在等派爾。「他不在這兒。」

「我知道，我從外面往窗內看，只見你一個人。」

「妳可以到樓上等他，」我說。「他一會就會來。」

「我在這等就好。」

「最好不要，警察會來找妳麻煩。」

她隨我上樓。我本想說一些諷刺調侃的話，但不論她的英文或法文都沒好到能聽出我的弦外之音。而且，說來也怪，我連一點傷害她或傷害自己的慾望都沒有。當我們走到樓梯間，所有老婦人都轉過頭來，一等我們經過，她們就開始竊竊私語，齊聲上下彷彿合唱一般。

「她們說什麼？」

「她們以為我又回來了。」

數星期前，為迎接中國新年而擺設房中的樹落了一地黃花。花瓣掉在打字機的鍵盤間，我將它們撿出來。「你擔心他。」鳳說。

「這不像他，他是很守時的人。」

我解開領帶，脫鞋，躺到床上。鳳點燃瓦斯爐，準備燒泡茶用的水。距離她上回做這活，已有六個月了。「他說你馬上就要離開這裡。」她說。

「也許吧。」

「他很欣賞你。」

「謝他雞婆。」我說。

我發現她的髮型不同，烏瀑般的長髮散落肩膀。我想起派爾有回批評她精心整過的髮型，她本以為梳那髮型很像中國閨女。我閉起眼，而她，又回到往日一般。她是嘶嘶蒸汽聲，杯盞叮噹碰撞聲，以及伴我一夜安眠的保證。

「他不會遲太久的。」她說。好像我會為他不在而難過，需要被安慰。

我暗自忖度他們倆平常聊些什麼。派爾總是一本正經，我已受夠了他對遠東的論調。他是觀察了幾個月沒錯，但我在此已有好幾年了。民主則是他另個喜歡高談闊論的議題。對於美國該為全世界所做的事，他的態度決絕，強勢得惱人。相反的，鳳的政治常識則貧乏的教人不可思議。如若有人提到希特勒，她會打斷別人，詢問希特勒何許人也。想要向她說明更是難上加難。因為她從沒見過一個德國人或波蘭人，而且對於歐洲地理概念模糊。然而，有關瑪格麗特公主的事，她可比我懂的多得多。我聽到她把托盤放在床尾。

「他還愛妳嗎？鳳。」

帶一個安南姑娘上床就好像帶一隻小鳥般。她們會在你的枕邊嘰嘰喳喳唱著歌兒。曾經有段時間，我認為再也沒有人能唱得像鳳一樣好聽。我伸出手來，摸摸她的臂膀，連手臂的骨頭都脆弱得像小鳥一般。

「還愛嗎？鳳。」

她笑了笑，我聽到她燃起一根火柴。「愛？」也許，這又是一個她不能理解的字。

「要我幫你裝一管嗎？」她問道。

我睜開眼，她已經點燃了燈，托盤上所有東西都準備妥當。燈光將她的皮膚映照成深琥珀色。

她俯身靠近火焰，皺眉覷眼專注加熱鴉片膏，用煙針攪拌著。

「派爾還是不抽嗎？」我問她。

「不抽。」

「妳應該叫他抽，不然他不會回來。」安南姑娘間有一個迷信，只要情人抽了鴉片，即使遠去法國，都一定會回來。抽鴉片會斷喪男人的性能力，但是她們寧要情人忠誠而不在乎性能力。現在她正沿著煙鍋的凸邊搓揉那一小粒珠狀的熱膏，而我已經可以聞到鴉片的味道了，那是一種無可比擬的氣味。床邊鬧鐘顯示時間已是十二點二十，但我不再緊張，派爾的身影已然消失。當她靠近煙管的時候，燈光照亮她的臉，專注的神情就像在照顧嬰孩一樣。我很喜歡我的煙管，它是一隻約兩呎長的竹子，頭尾都鑲著象牙。管身三分之二是煙鍋，形狀像倒扣的喇叭，鍋緣長久被煙膏摩擦得又黑又亮。她輕施腕力，將煙針插入小孔，注入鴉片，復將煙鍋移至火焰上，再穩穩遞給我。我抽吸時，鴉片膏珠緩慢平順地漲大起泡。

老手可以一口氣將整管煙吸完，但我總是需要花上好幾口。吸完後我躺下，頭靠皮枕，鳳則幫我準備第二管。

我說：「顯然是，沒錯，派爾知道我有睡前吸兩管的習慣，他一定是不想打擾我，打算明早再過來。」

煙針插回煙鍋，我開始抽第二管，抽完後放下煙管，我說：「別擔心，一點兒也別擔心。」我輕啜一口茶，伸手進鳳的脅下。「妳離開我的時候，」我說，「還好有鴉片支持我。在奧和街有棟好房子。我們歐洲人老是庸人自擾。妳實在不該跟一個不抽鴉片的人同居的，鳳。」

「但是他會娶我，」她說，「最近。」

「當然，那又另當別論了。」

「要不要再幫你裝一管？」

「嗯。」

我不知道如果派爾那晚不回來的話，她會不會答應跟我睡，但我知道一旦我抽了四管煙，對她我也沒興趣了。當然，睡在她的大腿邊總是件令人愉快的事——鳳習慣仰躺著睡——何況第二天一早，我不會獨自一人，還可抽管煙再開始一天的工作。「派爾不會來了，」我說，「妳就留下吧，鳳。」她搖搖頭，將煙管遞給我。當我吸入鴉片煙，她或去或留，對我已然無關緊要。

「為什麼派爾沒來？」她問。

「我哪知道。」我說。

「他是不是去找戴將軍了？」

「就算他去了，我也不會知道。」

「他跟我說，如果無法和你一道吃晚飯的話，他就到這來。」

「別擔心，他會來的。再幫我裝管煙。」當她俯身靠近火焰，我的腦海浮現波特萊爾的詩：

「我的寶貝，我的妹妹……」再下來是什麼？

喜歡處閑暇逸樂，
愛與死
在此國度一般無二

幾艘船泊在港灣外面，「於斯心事流落天涯」我想，若我靠近她的肌膚，必然會聞到微微鴉片香，並看到星火般的膚色。我曾在北部的運河邊看到許多小花，就像她旗袍上印的那種。她就如同一株土生土長的植物，而我一點都不想離開這裡。

「真希望我是派爾。」我大叫，還好藉著鴉片，痛苦有限，還堪忍受。突然有人敲門。

「是派爾。」她說。

「不是，他不會這樣敲門。」

那人不耐又敲了幾聲。她很快起身，搖得黃樹又落了我滿鍵盤花瓣。門開了。「弗勒生生。」命令的口氣。

「我是，」我說。我不想為了個警察而起床——連頭都不用抬，我就可以看到他的卡其短褲。

他用難以理解的越式法文說明，我必須立刻——盡快——馬上到安全警察局。

「法國的安全警局還是越南的？」

「法國的。」從他嘴裡說出來好像是「花果的」。

「做什麼？」他也不知道，他只是奉命來帶我。

「妳也得去。」他對鳳說。

「對淑女要用『請』，」我說。「你怎麼知道她也在這裡？」

他重複他只是聽命行事。

「明天早上我再過去。」

「馬上。」簡潔而不容轉圜。秀才遇到兵，多說無益，於是我起身，打好領帶，穿上鞋。這裡的警察握有生殺大權：他們可以取消我的採訪資格，不許我參加記者會，甚至，如果他們願意，可以駁回我的出境申請。這些都還是公開而合法的手段罷了，合不合法，在一個正處戰爭中的國家並不重要。我認識一個人，他的廚子突然莫名其妙失蹤。他去越南警局詢問，那裡的警官向他保證，他的廚子早在問完話後，就已被釋放，但是他的家人再也沒有見過他。也許他加入共產黨；也許他加入了某個私人部隊，私人部隊在西貢周圍多得是——和好部隊[2]、高臺部隊[3]或是戴將軍。或許他被關在法國監獄中；或許他正在堤岸市[4]，那個華人區，快樂地大發女人財。或許他在被問話當時就已精神崩潰。我說：「我可不用走的，你得叫三輪車送我過去。」人還是要維護他的尊嚴。

同樣為了維護尊嚴，我拒絕了法國警局警官給我的香菸。在抽完三管煙之後，我覺得神智清明，警覺異常，不但可以應對自如，還能緊抓問題的核心——到底他們想從我身上挖到什麼？法國警官維格，我先前在派對中遇過好幾次，我注意他是因為他毫不掩飾對妻子的迷戀，一個染著金髮俗麗不堪而且對丈夫蠻不在乎的女子。現在已經凌晨兩點，維格疲憊且沮喪地坐在煙霧及燠熱中，頭戴著綠色的遮陽帽，桌上擺了本消磨時間用的巴斯卡[5]。當我拒絕讓他單獨偵訊鳳的時候，他立刻就讓步了，還嘆了口氣，似乎是表達他對西貢、對這股燠熱以及對整個人類的生活感到厭倦。

他用英文說：「很抱歉得請你過來一趟。」

「我可不是被請過來的，是你們命令我來的。」

「唉！那些本地的警員，搞不清楚狀況。」他的眼光仍停留在書上「觀念」那一頁，似乎人還沉浸在那些可悲的論證中一樣。「我想問你一些問題，是有關派爾先生的。」

「你為什麼不自己問他？」

他轉向鳳，用法語尖銳地問她：「妳和派爾先生同居多久了？」

「一個月吧，我不確定。」她說。

「他付妳多少錢？」

「你沒有權力這樣問她，」我說，「她不是供人買賣的。」

「她之前跟你同居，是吧？」他出其不意地問道，「有兩年之久。」

「我是經你們許可來報導你們戰爭的記者，別想要我給你們提供醜聞。」

「你對派爾先生瞭解多少？請回答我的問題，弗勒先生。若不是事態嚴重，我並不想問這些。相信我，事情很嚴重。」

「我可不是告密者。我能告訴你有關派爾的事，你也都知道了。三十二歲，任職於經濟援助團，美國籍。」

「聽起來你們是朋友？」維格說，將眼光從我身上移到鳳身上。一個本地的警察端了三杯黑咖啡進來。

「還是你要喝茶？」維格問。

「我的確是他的朋友，」我說，「有何不可？我遲早要離開這裡返家，不是嗎？我沒辦法帶她一起走，他們在一起很好，這是一個合理的安排。而且他說過要娶她為妻，這是很有可能的。他是個正派的小伙子，真的，不像其他那些在大陸飯店喧鬧的混蛋，他是一個沉靜的美國人。」我的結論就像說他是「一隻藍蜥蜴」或「一隻白大象」那樣簡潔。

維格說：「沒錯。」他好像想仿效我的簡潔一樣，企圖在書桌上找出最適切來表達的字彙。「一個非常沉靜的美國人。」他坐在這個狹小悶熱的辦公室中，等待我們其中之一說話。一隻蚊子嗡嗡地發起攻擊，我看著鳳。鴉片使你機敏異常——或者只是使你心神鎮定、情緒平穩。沒有什麼事情，即使是死亡，會讓你覺得重要。我想鳳並沒有意會到他陰鬱而決定性的語氣，且她的英文也太差了。既使坐在辦公室的硬椅子上時，她仍舊耐心地等待著派爾，我則是當下就決定放棄等待。維格也注意到這樣的差異。

「你當初怎麼認識他？」維格問我。

我為什麼要告訴他其實是派爾主動來認識我？去年九月，我看著他穿過廣場，朝著大陸飯店的吧檯走來：一張全然年輕而新鮮的面孔，如矛一般擲向我們。他有著一雙瘦長笨拙的腿，剃著小平頭，還帶著一副事事好奇的模樣，看起來一點殺傷力都沒有。靠街的桌子多半都坐滿了。「可以坐這嗎？」他非常客氣地問。「我叫做派爾，剛到這裡。」他將自己塞進椅子中，點了啤酒，隨後他突然抬頭盯著午間的強光。

「那是手榴彈嗎？」他興奮期待地問道。

「大半只是汽車排廢氣的聲音。」我回答後，對他的失望突然覺得遺憾起來。人總是很快就忘記自己年輕時的樣子。我曾經也對新聞（那些沒什麼更好字眼來形容的東西）很有興趣，但是手榴彈已經是老掉牙的事了，它只會在本地報紙的末版占據一角——昨晚在西貢有多少多少枚，在堤岸市有多少多少枚。這樣的新聞從來排不上歐洲報紙的版面。街的那頭來了幾個淺淺的白色身影，白絲綢的褲子，粉紅或粉紫的旗袍，長而貼身，開衩至大腿。我看著她們，知道有一天當我離開這裡時，這幅景象將會是我最留戀的。「她們真美，不是嗎？」我飲了一口啤酒後說，派爾只在她們走至卡提拿街時隨意看了一眼。

「喔，當然。」他漫不經心答道。他真是一個嚴肅的人。「公使很關心這些手榴彈，他說：『如果發生什麼意外會很棘手。』——我是指如果意外發生在我們身上的話。」

「在你們身上？當然，我想這會變得很嚴重。議會一定不會喜歡聽到這種事。」何必嘲弄一個純真的人呢？也許才十天前，他還抱著一堆預先讀過的書，有關遠東和中國問題的，從波士頓的眾議院走出來。我說的話他連聽都沒聽到，他在沉思民主和西方責任的兩難問題。他立定志向——這我不久就發現了——他要盡一份心力，不是為個人，而是為一個國家、一塊大陸、全世界。在他的眼前，有廣大的寰宇等著他來改進。

「他已經在停屍間了嗎？」我問維格。

「你怎麼知道他死了？」真是個笨警察才問得出來的問題，白費他看了巴斯卡，白費他這麼愛老婆，連一點直覺都沒有怎麼去愛人？

「我可是清白的。」我說。我也這樣告訴自己，這是事實。派爾不是一意孤行嗎？我尋找體內有沒有任何情緒產生，結果什麼都沒有，連被警察懷疑而產生的憤怒都沒有。除了派爾，還有誰該負責。我們不都活得好好的？鴉片在我體內發揮理性的功效。但我擔心地注視鳳，因為這對她會是難以承受的。她確實用她自己的方式愛他。難道她不是曾喜歡我嗎？難道她不是因為派爾而離開我嗎？她委身予年輕、希望及認真，卻沒想到這些比年老、絕望更令她失望。她坐在那兒看著我們兩個，我想她仍然不瞭解情況。如果我能在她發現事實前將她帶離這裡，應該會比較好。我已經準備好回答任何問題，只要能讓這個偵訊盡快而含混地結束。這樣一來，我才能私下告訴她這事，而不是在警察的監視、堅硬的椅子和飛蛾環繞的裸露燈泡下。

我向維格說：「你對我的哪一段時間有興趣？」

「六點到十點。」

「六點我在大陸飯店喝了杯酒，侍者應該會記得。六點四十五我走到碼頭看美國飛機降落，在華麗大飯店的門前看到聯合新聞的威金斯。然後我去隔壁的電影院看電影，他們可能還記得曾找錢給我。我在那裡叫了一輛三輪車到老磨坊——我想我大概是八點三十到——我自己一個人吃飯。格蘭傑也在那裡，你可以問他。最後我在十點差一刻的時候叫了輛三輪車回家，你可能還找得到那個車伕。我跟派爾約十點見面，可是他並沒有出現。」

「你們為什麼要見面？」

「他之前打電話說有重要事情要跟我談。」

「你知道他要談些什麼嗎？」

「不知道，對派爾來說，所有的事都重要。」

「那這位派爾的女友？你知道她的行蹤嗎？」

「她在外面等他到午夜。她緊張的要命，什麼都不知道。你看不出來她到現在還在等他嗎？」

「看得出來。」他說。

「你不會真的認為我因為嫉妒而殺他吧？還是她為了什麼要殺他？他要娶她耶。」

「我的確是這麼懷疑。」

「你們在哪裡找到他？」

「在達可橋下的水中。」

老磨坊就在橋邊上，橋上有武裝警察，餐廳也有架設防止手榴彈的鐵護欄。晚上過橋不大安全，因為入夜後河的那一邊就被越盟[6]控制了，我吃飯的所在和他的屍體可能距離不到五十碼。

「他的問題是，」我說，「他淌進混水。」

「老實說，」維格說，「我一點都不覺得遺憾，他已經造成太多傷害了。」

「上帝總是會拯救我們，」我說，「從那些純真善良的人手中。」

「善良？」

「是的，善良。以他的方式。你是天主教徒，你不會懂他的方式。而且不管怎麼說，他是個該死的美國佬。」

「你介不介意去認個屍？我很抱歉，但這是例行公事，不是什麼太有趣的例行公事。」我不用問也知道他為什麼不等美國公使館的人來認屍，以我們冷酷的標準來說，法國人比較老派些，他們相信良心，相信罪惡感：相信罪犯該面對其罪行，因為說不定他們會受不了良心的苛責而崩潰。當他帶我走下石階梯，前往在地下室轟轟作響的冰櫃時，我再一次告訴自己，我是無罪的。他們將他拉出來，就好像在拉一盤冰塊一樣。我看看他，他的傷口因為冰凍而平整。我說：「你看，這些傷口可沒有因為我的出現而重新裂開。」

「你認為如何？」

「這不是你們的目的嗎？給我某種考驗？但是你們將他凍得這麼僵硬，連中世紀都沒凍成這樣。」

「確定是他嗎？」

「喔，沒錯。」

他在這特別教人覺得格格不入，他應該待在家中。我看過他的家庭相簿，在度假牧場騎馬，在長島弄潮，跟同事在位於二十三樓的公寓合照。他屬於那個摩天大廈、超高速電梯、冰淇淋、馬丁尼、午餐在商業大樓吃雞肉三明治、喝牛奶的世界。

「他不是因為這個死的，」維格指著胸前的一個傷口說，「他是在泥濘中窒息，我們在他的肺中找到泥巴。」

「效率很高嘛。」

「這種天氣不得不如此。」

他們將他推回冰櫃，關上門，用橡膠封填。

「還有什麼可以幫我們的嗎？」維格問。

「一點都沒有。」

我跟鳳一起回到我的住處，用走的，這次再也不講究什麼尊嚴了。死亡帶走了虛榮——連一個男人，不在拋棄他的女人面前示弱的虛榮，都被帶走了。到現在她還是不清楚發生了什麼，而我也不懂怎麼用委婉的方式告訴她。我是個戰地記者。我只想到頭條：「美國官員在西貢遇害。」在報業工作，你從不用煩惱怎麼處理壞消息，甚至在此時，我還是掛念我的報紙，所以我問她：「妳介不介意在電報局前等我一下？」我將她留在街上，進去發了電報再出來找她。這只是作勢罷了。我太清楚法國記者早就得到消息，即使維格公平行事（這很有可能），檢查員還是會將我的電報壓在法國記者之後。我的報社就只好引述法國巴黎消息。並非因為派爾是個重要人物，所以才不報導他工作的細節——比方說在他遇害之前，他至少要為五十起死亡事件負責——而是因為這會影響英美關係，公使也會因此深感困擾。公使對派爾十分敬重——因為他的學歷很高，就是那種美國人拿的學位：也許是公共關係或者是劇場工程，更可能是遠東研究（他看了非常多書）。

「派爾呢？」鳳問，「他們想問什麼？」

「回家吧。」我說。

「派爾會來嗎？」

「也許會，也許不會。」

那些老婦人還在樓梯間東家長西家短，不過現在涼爽多了。我一開房門，就看出這屋子被搜過了。每樣東西都比我走的時候還整齊。

「再抽一管？」鳳問。

「好。」

我解開領帶脫下鞋子，插曲已告終，夜晚依舊。鳳俯臥在床尾，點起燈來。我的寶貝，我的妹妹——琥珀色的肌膚。甜美的越南味語音。

「鳳。」我說。她正在碗邊搓揉鴉片膏。「他死了，鳳。」她手中握著煙針，抬起頭看著我，像一個努力專心的小孩一樣皺著眉，「你說？」

「派爾死了，遭人暗算。」

她將針放下，坐回腳跟上，看著我。沒有吵鬧，沒有眼淚，只有沉思——悠悠、靜靜地沉思一個本來勢將改變全部生涯規劃的人。「妳今晚最好留下。」我說。

她點了點頭，拾起針來，又開始加熱鴉片。是夜，我從幾次短暫而深沉的鴉片睡眠中醒來，大約十分鐘吧，就好像睡了一整夜。我發現我的手就像往日一般，放在她的兩腿之間。她也睡著了，而我幾乎聽不見她的呼吸聲。終於，經過這麼多個月，我不再獨自一人。突然我憤怒起來，想起警察局中維格和他的綠色遮陽帽，公使館中安靜的無人走廊，還有我手下柔軟光滑的肌膚，「難道我是唯一一個真正喜歡派爾的人嗎？」

1 越南女子傳統服飾，一種改良式旗袍，開衩及腰，前後襬長及膝下，內著長褲，當地人稱為「衣長」。

2 和好部隊是隸屬和好教的私人武力。該教為佛教的變體，信仰者多為農民或貧苦大眾。

3 高臺部隊即高臺教的私人武力。創始人范公冀自稱夢中受神明啟示，於一九二六年融合流傳越南的數個宗教創立高臺教。教名取自《道德經》二十章：「如春登臺」。在越南的解釋中，高臺指神靈居住的最高宮殿。高臺教的最高神祇為玉皇大帝，越南人稱祂作黃冠教主。由於其道觀門上常繪以代表真理的巨大獨眼圖形，故華人稱為獨眼教，亦稱為「大道三期普度教」。

4 和越南最大商港西貢緊連的城市。早期越南只有華人才可從事商業行為，而華人習慣自成一區。堤岸市即在西貢經商的華人聚集地。後與西貢合併為胡志明市。

5 Blaise Pascal，一六二三—一六六二，法國數學家、哲學家，著有《沉思錄》。

6 一九三〇年，胡志明結合三個主要共黨團體為東洋共產黨（或稱印度支那共產黨），該黨中央委員會於一九四一年五月在中國南部開會，決定暫緩農業改革與階級革命，成立越南獨立革命聯盟（Viet-Nam Doc-Latinap Dong-Minh League；簡稱越盟），全力投入越南爭取獨立自由的志業，並成立軍事部隊，由武元甲指揮，在印度支那（現中南半島）反抗法國和日本（法國為主）。一九四五年日本投降後，越盟在政治上由邊緣走向中心。

第二章

1

在大陸飯店旁廣場遇見派爾那早之前，我已經受夠那些美國同業的樣子。他們都是高大、喧鬧、孩子氣的中年人，對法國人百般不滿，總歸一句，這是法國人的戰爭。每隔一段時間，當交戰告一段落，戰場的死傷及狼籍被清得乾乾淨淨之後，記者就會被召集到河內——大約四小時的飛行時間，而總司令會發表戰果。隨後在記者營住個一宿，在那裡有他們自誇的「印度支那最佳酒保」。再以三千呎的高度——重機槍的有效距離外——飛越戰場，安全穩當地送吵鬧聒噪的他們回西貢的大陸飯店，就像學校的郊遊一樣。

派爾很安靜，謙虛。當我們認識的第一天，有幾回我得要特意靠近他才聽得到他說什麼。此外，他也是個一本正經的人。當幾次美國記者在高臺上大聲喧嘩時——他們相信高臺比較安全，因為手榴彈丟不到——派爾都想鑽到地下去，但是他從不道人長短。

「你聽過約克・哈定嗎？」他問道。

「沒有，我想沒有。他寫過什麼嗎？」

他看著對街的牛奶吧[1]作夢似地說：「真像老家的冷飲店。」我懷疑他的思鄉病一定很嚴重，否則不會把兩個一點也不相似的事物相提並論。但是，當我第一次在卡提拿街看到有賣「嬌蘭香水」的店，我不也曾自我安慰，歐洲不過距此三十小時遠罷了？他不情不願將視線自牛奶吧轉開，然後說：「約克寫過一本書，叫做《紅色中國的發展》，寫得很深入。」

「我沒看過，你認識他嗎？」

他鎮重地點點頭，隨後陷入沉默中。但是不久後他就打破沉默，對之前的點頭做了一番說明：「我跟他認識不深，」他說，「大概只見過兩次面。」我喜歡派爾這一點，他認為聲稱自己認識那個什麼來著？約克・哈定，會像是在自我吹噓。稍後我還發現，他對於他所認可的嚴肅作家懷著極高的崇敬。而所謂的嚴肅作家並不包括小說家、詩人和劇作家，除非他們具有他所說的時代意識。但是即使如此，他覺得還不如閱讀哈定的作品來得直接。

我說：「其實，如果你在一個地方待久了，你就不再想看有關當地的介紹了。」

「當然，我絕對願意聽聽在地者的意見。」他謹慎地說。

「然後用哈定的標準來檢驗？」

「是的。」他大概發現我在諷刺他，回答的語氣比平常還要禮貌。「如果你有時間為我指點一二，那會是我的天大榮幸。畢竟，哈定來這裡也是兩年前的事了。」

我喜歡他對哈定的忠心耿耿——不論哈定是個什麼人物。對於那些不成熟又喜歡冷嘲熱諷的新聞記者來說，派爾可是股清流。我說：「再喝一瓶啤酒，我就試著給你說個大概。」

我一開始說，他就像個得獎的學生一樣，專注地看著我。我向他解釋北部的局勢，法國人在東京緊扼著包括河內[2]及北部唯一港口——海防的紅河三角洲。當地正是稻米的主要產地，而收成之時，也就是每年稻米爭奪戰的開始。

「這就是北部。」我說。「如果中國不幫越盟的話，法國人也許守得住。但那是叢林、山區和沼澤戰。你跋涉在齊肩高的稻田間，敵人硬是憑空消失，他們埋了武器，穿上農裝……可是在河內，你大可舒舒服服地在潮濕氣候中悶到發爛。他們就是不在那裡丟炸彈，天知道為什麼。你可以稱之為正規戰爭。」

「那在南部這裡呢？」

「法國人控制著主要道路，直到晚上七點。在那之後，他們還是掌握了瞭望塔，還有城鎮——部分的。但是這並不表示你就安全，不然在餐廳前就不會有那些鐵護欄了。」我以前一天到晚都在跟人說明這一切，我就像一張唱片似的，為了那些新來乍到的人一再播放，無論是國會訪問團或是新任英國公使。有時我半夜醒來還說夢話：「就以高臺黨人為例。」或者是和好部隊，或是平川[3]部隊。就是那些或為金錢或為報復而組成的私人武力。外人覺得他們很新奇，不過背叛和猜忌可並不有趣。

「現在，」我說，「還有戴將軍。他原來是高臺黨的參謀長，但他脫離組織後占領山丘，和法國人及越共兩面作戰……」

「約克認為，」派爾說，「東方需要的是一個第三勢力。」也許我早該發現他狂熱的傾向，對專有名詞反應迅速，對數字的異常著迷：第五縱隊、第三勢力、第七日。如果我早些注意到他那努力不懈的年輕腦袋在想些什麼，我就能為大家——甚至包括派爾——省下許多麻煩。而我卻留他一人面對枯乾剩骨架的現實，自己則在卡提拿街上做每日的散步。他只好自己去學習那如氣味一般攫住你的現實：夕陽下泛著金光的稻田；像蚊子一樣飛過田野的鵜鶘；年老修道院長講桌上的茶杯、他的床及廣告月曆；他的水桶、破杯子及椅子旁堆滿著一輩子累積來的廢物；戴著軟帽的姑娘在修補被地雷所毀的道路；金色、嫩青色，那些屬於南方的服色，以及屬於北方的深褐色及黑色；在敵方山區繞圈子的飛機所發出的嗡嗡聲。當我剛到之際，每天都在算我的任期還剩幾天，就像一個期待學期結束的學童劃去日子一樣。我想我掛念著布倫斯堡廣場；經過奧斯頓迴廊前的七十三路公車；都林頓地區的春日景象。現在花園廣場上的燈泡應該已經熄了，可我如今啥屁也不在乎。我只要每天按時而來的快報，告訴我是汽車的排氣聲，抑或是手榴彈的爆炸聲。我只要能看著那身著絲綢長褲的形影，在潮濕的午間優雅地走過。我只要鳳，而我的家也已換了地方，與原先的相距八千哩。

我轉頭望向高級專員[4]的官舍，那裡由戴著白色法國軍帽，猩紅肩飾的外籍兵團[5]擔任守衛。因為視線被主教座堂擋住，所以我只好往回看，沿著越南安警所悲哀而乏味的圍牆，似乎還可以聞到尿臊味和不正義的氣味。然而，這也是家的一部分，就像童年時我們總想避開樓上的那條闃黑走廊。碼頭邊的書報攤上擺著新出的色情雜誌——《禁忌與幻想》，水手們在人行道上喝著啤酒，好個土製炸彈的最佳目標。我想著鳳，她這時應該正在第三街尾的左側和魚販討價還價，隨後會去牛奶吧用早茶（我們在一起的時候，我對她的行蹤總是瞭如指掌），而派爾，早就自然而然輕易從我心中消失了。當我在房間和鳳一起用午餐的時候，我甚至想都沒想到跟她提派爾的事。她穿著她最好的印花絲袍，因為這天是我們在堤岸市的大世界飯店相遇的兩週年紀念。

2

派爾死後的隔天清晨，我們醒來時都沒有提到他。鳳在我半夢半醒之際就起床了，還泡好了茶。對於死人沒什麼好嫉妒的，而我也輕而易舉地重拾我們以前的生活模式。

「今晚妳要不要留下？」我拿著牛角麵包，裝成若無其事般問鳳。

「我得拿回我的箱子。」

「警察說不定會在那裡，」我說，「我最好跟妳一起去。」那是我們當天最接近派爾的一次對話。

派爾在杜杭頓街的一棟新別墅中租了一層樓。法國人將這些主要街道都分成一段段，再以他們的將軍來命名。所以接在拉克萊克街三段後的是戴高樂街，而且總有一天會突然跑出狄拉德街來。今天必然有什麼歐洲的大人物要飛來，因為每隔二十碼就有一個警察，面對著人行道，一路延伸到高級專員的官舍。

在通往派爾家的碎石路上，停著幾輛摩托車，還有個越南警察檢查我的記者證。因為他不讓鳳進屋，我只好先進去找法國警官。在派爾的浴室中，維格正用派爾的肥皂洗手，還用派爾的毛巾擦乾。在他熱帶制服的袖子上沾了些油漬——我想也是派爾的汽油。

「有什麼新發現嗎？」我問。

「我們在車庫發現他的車子，已經沒油了。所以他昨天晚上出門應該是坐三輪車——或者是坐某人的車。也許汽油是被人抽光的。」

「他也可能走路，」我說，「你也知道美國人的樣子。」

「你的車子燒毀了，是吧？」他若有所思問道，「你有新車了嗎？」

「沒有。」

「這又不重要。」

「是不重要。」

「你有什麼看法嗎？」他問。

「太多了。」我說。

「說來聽聽。」

「嗯，他可能是被越盟幹掉的，他們在西貢已經殺了許多人。他的屍體是在達可橋下的河邊被發現的，入夜當你們警方撤離後，那裡正是越盟的勢力範圍。或者，也可能是越南警方幹的——這種事不是沒發生過，也許他們不喜歡他的朋友。也許是高臺黨人下的手，因為他認識戴將軍。」

「他認識嗎？」

「聽說是。或者是被戴將軍殺的，因為他認識高臺黨人。或者是被和好部隊殺的，因為他跟將軍的小妾調情。或者他被殺，只是因為有人要搶他的錢。」

「或者是因為單純的爭風吃醋。」維格說。

「或者也可能是法國警方下的手，」我接著說，「因為他們不喜歡他的交際圈子。你真的想找出殺他的凶手嗎？」

「並沒有，」維格說，「我只是要寫個報告罷了。目前我將它視為戰爭行為，這種事每年要死數千人。」

「你可以排除我，」我說，「我並沒有涉入，沒、有、涉、入。」我重複一遍。這原本就是我的教條。人類既然已經搞成這樣，那就任他們打去，任他們愛去，任他們殺去，但我絕不介入。我的新聞同行喜歡稱他們自己為特派員，我卻比較喜歡記者這個頭銜。我記我所見，但不參與行動——雖然意見的表達也是行動的一種。

「你來這幹嘛？」

「我來拿鳳的東西，你們的警察不讓她進來。」

「那我們就一起找吧。」

「維格，你人真好。」

派爾有兩個房間，一個廚房兼浴室，我們進了臥室。我知道鳳會把東西放在床下的哪裡。我們一起把東西拉了出來，裡面還包括她的相本。我從衣櫥將她僅有的幾件換洗衣物拿出來，兩件漂亮的旗袍和一條替換長褲。感覺上，這些衣物才剛掛在這裡沒多久，而且也不會再久，就像在房間飛舞的蝴蝶一樣。我在抽屜中找到她幾件小三角褲和她所收藏的圍巾。東西放在箱子中少得不像話，比一個借住的週末訪客還來的少。

在起居間中有張她和派爾的合照，是他們在植物園裡一座大石龍旁照的。她牽著派爾的狗——一隻龐大的黑色雄獅狗，通體皆黑，連舌頭都是黑的。我把照片也放進她的箱子中。「狗怎麼了？」我問。

「不在這裡，他可能帶狗一起出去。」

「也許狗會回來，這樣你就可以檢查牠爪子上的泥土。」

「我可不是什麼神探雷考克，更不是馬戈。這可是戰時吶。」

我走到書架邊，端詳上面的兩排書——派爾的圖書館。《紅色中國的發展》、《民主的挑戰》、《西方的角色》——這些書，想必是約克．哈定的全套著作。還有許多國會報告，一本越南片語書，一本菲律賓的戰史，一本現代文庫版的莎士比亞。他沒有輕鬆點的書嗎？在另個架上我找到他的休閒讀物：一本口袋版的《湯馬斯．沃爾夫》，一本叫《生命的勝利》的神祕詩集，以及一本美國詩選，還有一本西洋棋解疑。顯然他下班後沒什麼特殊消遣，不過，畢竟有鳳在他的身邊。在詩集的背後有一本平裝的《婚姻的哲學》。他大概在學習性愛吧，就像他研究東方一樣，紙上談兵而已。「婚姻」是關鍵字眼，派爾願意涉足其中。

他的書桌很乾淨。「看來你們做過大掃除了。」我說。「喔，」維格說，「這是美國公使館的要求。你知道流言的傳播速度有多快，不這樣，東西說不定早就被掠奪一空了。我已經把他的文件都封起來了。」他不帶一絲笑容，嚴肅地說。

「有什麼東西事涉及敏感嗎？」

「我們擔不起任何會破壞雙方關係的東西。」維格說。

「你介不介意我拿本書走——做個紀念而已。」

「我就當沒看到。」

我選了約克．哈定的《西方的角色》，然後將它和鳳的衣物包在一起。

「以朋友的立場，」維格說，「你有沒有什麼事可以偷偷告訴我？我的報告已經結案了。他是被共產黨殺的，也許這是個反對美國經援的前兆。但是，就只你知我知，怎樣？純聊天，到街角喝杯苦艾酒如何？」

「太早了吧。」

「他最後一次見你時，沒有透露什麼嗎？」

「沒有。」

「那是什麼時候？」

「昨天早上，大爆炸之後。」

他稍停片刻，讓這回答沉入我心中，而不是他心中。隨即直接盤問我：「昨晚他找你的時候你不在嗎？」

「昨晚？我出門啦。我不認為……」

「你說不定會需要出境簽證，你知道我們可以無限期擱置它。」

「你真的認為，」我說，「我想回家嗎？」

維格透過窗子望向萬里無雲的天空說：「大部分的人都想。」

「我倒喜歡這裡，家那邊，麻煩事多。」

「操，」維格說，「美國經濟專員來了。」他又諷刺地說了一次：「經濟專員。」

「我最好快走，免得也被他封起來。」

維格懨懨說道：「祝你好運。他一定會有一堆屎要對我說。」

我走出去時剛好遇到經濟專員，他在他的派克牌轎車前交代駕駛事情。他是個肥胖的中年人，有著誇張的臀部和一張似乎從不需要刮鬍刀的臉。他聊道：「弗勒，你可不可以幫我跟這個該死的司機解釋解釋……」

我幫了他。

他說：「可我也是這麼跟他說的，但他就像聽不懂法文一樣，一直跟我裝瘋賣傻。」

「可能是口音的問題。」

「我可是在巴黎待了三年，我的發音絕對夠他媽標準足夠這些死越南佬聽懂。」

「民主之聲。」我說。

「那是什麼？」

「我想那是一本約克．哈定的書。」

「我不懂你的意思。」他懷疑地看了我提的箱子一眼。「你拿了些什麼？」

「兩件白色絲褲，兩件旗袍，一些姑娘的貼身衣物——我想是三件。都是本地貨，不是美援品。」

「你上去過了嗎？」

「是的。」

「你聽說這事了？」

「是的。」

「這事真可怕，」他說，「可怕啊。」

「我想公使一定很心煩。」

「那還用說，他現在跟高級專員在一起，總統要與他晤談。」他把手放在我的手臂上，拉我離開車子。「你跟小派爾很熟，對不對？我現在還不相信這樣的事會發生在他身上。我認識他父親，哈洛德．C．派爾教授——你聽過他吧？」

「沒有。」

「他可是水底侵蝕的世界權威，你沒有在前幾期的《時代雜誌》封面看到他的照片嗎？」

「喔，我記起來了。背景是一片嶙嶇的峭壁，前景則是一副金邊眼鏡。」

「就是他。我還得拍份電報回國。真可怕極了，我疼他像疼自己兒子一樣。」

「這樣就可以讓你跟他爸熟嗎？」

他用他潮濕的棕色眼睛看著我說：「你怎麼搞的？怎麼這樣說話？有個優秀的年輕人……」

「對不起，」我說，「死亡帶給每個人的反應不同。」也許他真的很疼愛派爾。「你的電報要怎麼說？」我問。

他嚴肅且文謅謅地回答我：「哀告令郎以戰士之身為民主奮戰而亡。」公使已經簽發了。

「以戰士之身?」我說,「這不是啟人疑竇嗎?他老家的父母不會覺得奇怪,經濟援助團可不是軍隊。你們有紫心勳章嗎?」

他放低聲音,緊張且含糊地說:「他有特別任務。」

「喔,當然,我們都猜到了。」

「他沒說吧?有嗎?」

「哎,沒有。」我說。忽然想起維格說的話:「他是個沉靜的美國人。」

「你有沒有什麼線索,」他問,「為什麼要殺他,又是誰下的手?」

突然間,我感到很憤怒,我受夠了他們那一套:他們美國人專用的可口可樂店,他們的流動醫院,他們過分寬敞的車,和他們不怎麼新的槍。我說:「是的,因為他太過純真,所以才會被殺。他年輕、無知、愚蠢,又淌入混水。他對這整件事的瞭解遠不及你們,可是你們卻給他錢和約克・哈定關於東方的書,然後對他說:『去吧!幫助東方得到民主。』他所見識的還沒有他在教室所學的多,而他的大作家和學校將他變成一個大白癡。當他見到屍體時,他甚至找不到傷口在哪。好個赤色狂潮,民主的戰士。」

「我以為你是他朋友。」他以責備的語氣說。

「我曾是他的朋友。我寧願他在家看週日副刊,看棒球。我寧願他跟一個參加讀書會的標準美國女孩平安地共度一生。」

他尷尬地清了清喉嚨，「當然，」他說，「我忘了這件不幸的事，我同意你的說法，弗勒。他的行為的確不恰當。我大可告訴你，我還為了那個女孩的事跟他長談過。你知道嗎？我曾有幸認識派爾教授及夫人。」

我說：「維格在等吶。」隨後轉身就走。這是他第一次望向鳳，而當我注視他時，他帶著痛苦且困惑的表情看著我，一個想不通的「老哥們」。

1 Milk-Bar，賣簡單餐飲，如三明治、牛奶相關飲品的半開放式餐廳。
2 越南主要工業城市，現為越南首都。
3 部隊名，亦為地名。
4 殖民國派駐殖民地文最高行政長官。
5 La Légion Étrangère，法國外籍兵團於一八三一年三月十日由法國國王路易．腓利簽署成立，最初的目的是協助控制非洲法屬殖民地的財產。早期兵團成員多為法國殖民地居民，因為在服役一期（五年）畢，並獲優良證明後可取得法國居留權或國籍。其格言為：「兵團是我們的祖國（Logio Patria Nostra）。」也可以看出兵團成員優先效忠的對象。

第三章

1

派爾第一次遇見鳳也是在大陸飯店，大概是在他抵達越南兩個月後。那時是傍晚時分，正值日落後的短暫涼爽，街邊的攤位也點起了蠟燭。法國人在桌上擲骰子，玩四二一，穿著絲質白長褲的姑娘們，踩著腳踏車沿卡提拿街回家。鳳喝柳橙汁，我喝啤酒，我們無語對坐，為兩個人能在一起感到滿足。然後派爾沒什麼把握似地走來，我幫他們彼此介紹。派爾的眼睛瞪得老大，好像從沒見過女孩一樣，然後就臉紅起來。「我不知道你和你的女伴，」派爾說，「願不願意加入我們那桌，我們一位專員……」

那是個經濟專員。他從高臺上望向我們，充滿自信，向我們遞上表示歡迎的微笑。好像他能保有朋友，是因為選擇了正確的除臭劑。好幾次我聽別人叫他喬，不過我從不知道他姓什麼。他誇張地拉椅子、招呼侍者。儘管動作如此之大，在大陸飯店你能有的選擇也只是：啤酒、白蘭地加蘇打水或苦艾酒而已。「沒想到會在這遇到你，弗勒。」他說。「我們在等那些小伙子從河內回來，聽說那裡最近打得厲害。你怎麼沒跟他們一道去呢？」

「我懶得為參加記者會飛四小時。」我說。

他不以為然看著我說：「這些小子真的都很衝。怎麼說？如果他們去做生意的話，一定可以賺兩倍的錢，不然就去電臺上班，至少也不用冒險。」

「這樣他們就得真正工作了。」

「他們對戰爭的敏銳就像戰馬一樣。」他興高采烈地說，對我的嘲諷充耳不聞。「就像比爾．格蘭傑，你可不能小看這傢伙。」

「我想你說的沒錯，幾天前的晚上，我還在運動酒吧遇見他。」

「你知道我不是說那個。」

兩輛三輪車風馳電掣沿著卡提拿街飛奔過來，飆得像賽車一樣，而終點線是：大陸飯店。前車是格蘭傑，後車是個灰髮、沉默，醉成一堆爛泥的小個子，格蘭傑現在正想辦法把他從車裡拖到人行道上。「起來，米克！」他喊道，「起來。」然後他又開始跟車伕討價還價。「就這些，」他說，「你不要就拉倒。」他將錢往地上丟了五次，讓那個車伕去撿。

經濟專員有點侷促地說：「我想這些小伙子需要輕鬆一下。」

格蘭傑將他背後的人肉包袱扔進椅子。然後他注意到鳳。「哇！」他說：「喬，你這傢伙，哪裡找來的妞？看不出來你還挺有兩把刷子的。抱歉，我要上個廁所，幫我照顧一下米克。」

「真像個當兵的大老粗。」我說。

派爾漲紅著臉，誠懇地說：「如果我早知道會這樣，我絕不會邀請你們過來……」

那灘灰髮爛泥在椅子上晃了晃，腦袋像斷了似的落在桌上。發出了一聲嘆息，一聲無限乏味的嘆息，然後就一動也不動了。

「你認識他嗎？」我問派爾。

「不認識，他不是記者那一群的嗎？」

「我聽比爾叫他米克。」經濟專員說。

「不是有個新來的合眾社通訊員？」

「那不是他，我認識那個人。會不會是你們經援團的？你們有上百人，應該沒辦法每個都認識吧。」

「他應該不是經援團的，」經濟專員說，「我對他完全沒印象。」

「我們找找看他有沒有什麼證件。」派爾建議。

「看在老天分上，別把他搞醒。一個醉鬼已經夠麻煩了。反正格蘭傑認識他。」

但格蘭傑不認識。他鬱鬱地從廁所回來，「這女人是誰？」他愁眉苦臉地問。

「鳳小姐是弗勒先生的朋友，」派爾拘謹地說，「我們想知道，這位先生是——」

「他在哪泡上她的？你們在這個地方可要小心點，」他陰鬱地說，「還好發明了盤尼西林。」

「比爾！」經濟專員說，「我們想知道米克的身分？」

「你問我，我問誰。」

「可是是你帶他來的啊。」

「這法國佬喝不慣威士忌，他醉死了。」

「他是法國人嗎？你不是叫他米克。」

「總得弄個名字叫叫。」格蘭傑說。他靠向鳳說：「欸，妳要不要再來杯柳橙汁？晚上有約會嗎？」

我說：「她每晚都有約了。」

經濟專員急忙說：「比爾，戰事怎麼樣了？」

「在河內的西北打了場大勝仗，法國人重新奪回先前他們從未承認已經失守的兩個村落。越盟死傷慘重。法國這邊確實死亡人數還不確定，一兩週之後數字才會出來。」

經濟專員說：「謠傳說越盟已經攻入發豔[1]。燒了主教座堂，還趕走了主教。」

「這種事他們不會在河內跟我們說，這又不是捷報。」

「我們的一個醫療隊只能到南定就過不去。」派爾說。

「你沒有到那邊吧，比爾？」經濟專員說。

「你以為我是誰？我只是個帶著通行證的通訊員，證上寫的清清楚楚我只能走到哪。我飛到河內機場，他們給我們一輛車開到記者營。他們安排了飛機飛越那兩座剛收復的村落，裡面到處都是他們飄揚的法國三色旗。其實在那種高度，什麼鬼旗都長得一個樣。然後就有個記者會，由一個上校向我們解釋我們看到些什麼。然後我們經過檢查拍出電報。然後我們喝點小酒——印度支那的最佳酒保。然後我們就搭飛機回來了。」

派爾對著啤酒皺了皺眉。

「你太低估自己了，比爾。」經濟專員說。「就拿你那篇六十六號公路[2]的報導來說——標題是什麼『通往地獄的高速公路』——絕對夠格拿普利茲獎。你知道我說哪段故事吧？就是講一個被轟掉腦袋的男人跪在溝渠裡面，還有另一個男人漫步在夢中——」

「你以為我真的跑去那條發臭的公路嗎？史蒂芬．克萊恩從沒目睹過戰事，但照樣可以描寫戰爭。那我難道不行嗎？這不過是個該死的殖民戰爭罷了。再給我一杯酒，待會我們一起去找些小妞。你已經弄到一個，我也要一個。」

我對派爾說：「你對發豔的傳聞有什麼看法？」

「我不知道，這重要嗎？如果重要的話，」他說，「我想去看看。」

「你是說對經援團重不重要嗎？」

「欸，」他說，「有些事你不能分的那麼清楚。醫藥也是一種武器啊，不是嗎？這些天主教徒是堅決反共的，沒錯吧？」

「他們跟共產黨做生意，主教向他們買牛隻和蓋房子用的竹子。我不敢說他們符合約克・哈定所指的『第三勢力』。」我故意逗他。

「別扯了，」格蘭傑喊著，「不能把整晚都耗在這裡，我要去五百美人屋。」

「不知道你和鳳小姐願不願意和我一起用餐——」派爾說。

「你可以在夏萊德餐廳吃飯，」格蘭傑打斷他，「我，就在隔壁搞女人。來嘛，喬，你是個男人吧。」

我想就是那時，我一邊思索著男人到底是什麼，一邊首次發現我挺喜歡派爾的。他企圖坐離格蘭傑遠一點，摩挲著啤酒杯，臉上表情堅毅而不感興趣。他對鳳說：「我猜妳一定很受不了這種交易？妳一定受夠了——我是說妳的國家？」

「什麼？」

「米克你打算怎麼辦？」經濟專員問。

「把他留在這。」格蘭傑說。

「不行啦，你連他名字都不知道。」

「我們可以帶他一起去，然後讓姑娘們去照顧他。」

經濟專員發出會意的笑聲，看起來就像電視上的面孔一樣。他說：「你們這些年輕人真是愛怎樣就怎樣，但是我太老了，玩不起這種遊戲。我會帶他回家，你說他是法國人？」

「他說法文。」

「你們能不能把他搬到我車裡……」

他開走以後，派爾和格蘭傑搭一輛三輪車，我跟鳳搭另一輛，一路朝著堤岸市走去。格蘭傑原先一直企圖和鳳同車，但派爾將他拉開了。車伕順著長長的郊區道路，帶我們前往中國城。一列法國裝甲車隊和我們錯身而過，每輛車都有一支伸出車外的槍口和一名沉默不動的軍官，在漆黑、平滑的天幕及星辰下，看起來就像個傀儡一般。又有麻煩了，大概是對付私人部隊：平川，他們在堤岸市經營大世界飯店和一些賭場。這是一塊群雄割據的地方，就像中世紀的歐洲。可是美國人又來這裡湊什麼熱鬧？哥倫布還沒找著他們的土地呢。我對鳳說：「我喜歡派爾那小子。」

「他很沉靜。」她說。最先使用這個形容詞的是鳳，從此這個詞就像派爾的小名一樣跟他黏在一起，直到最後當維格坐在安全警局，戴著綠色遮陽帽，告訴我有關派爾的死訊時，居然也使用它。

我要三輪車停在夏萊德餐廳外頭，並對鳳說：「進去找張桌子，我得先照顧一下派爾。」那是我第一次產生想保護他的直覺。我從來沒想過我自己更需要被保護。天真總是自然地招來保護，我們卻常自以為聰明，而疏於提防它。它就像一個失去警示鈴的愚蠢痲瘋病患，在世界中遊蕩，但沒有傷人之意。

當我到達五百美人屋時，派爾和格蘭傑已經進去了。我問大門內側的憲兵崗哨：「有沒有兩個美國人？」

他是個年輕的外籍兵團下士，他停下清理左輪槍的動作，用大姆指向內比了一下，還用德文說了個笑話，但我聽不懂。

正是露天大庭院的休息時間。幾百個女人在草地上或躺或蹲，三五成群聊天。庭院周圍許多小隔間的簾子沒有拉起來——一個疲倦的女孩交疊著腳，隻身躺在床上。堤岸市有狀況，軍人都被限制在營區內，所以沒生意可做，好個肉體的禮拜天[3]。只是還有一小群又拉又扯又叫的女孩，讓我知道仍有顧客在裡面。我想起一個西貢的老故事，有個體面的客人，連褲子都被扯掉了，才逃到憲兵崗哨那。在這裡，老百姓得不到什麼保障，既然你選擇進入軍方的地盤，那你就要有本事自己走出去。

我早就習得一個技巧：分化與征服。我先從圍繞我的女孩中選一個出來，然後挾她以為盾慢慢擠向掙扎中的派爾和格蘭傑。

「我是老頭。」我用法文說，「我沒力了。」那女孩咯咯笑著，繼續推擠著。「親愛的，」我說，「他很有錢，又有勁。」

「你好低級。」她說。

我看到格蘭傑紅光滿面，春風得意；好像藉此證明了他的男子氣概。有個女孩勾著派爾的手，想把他慢慢拖離人群。我把我身邊的女孩推到他們當中，然後喊道：「派爾，過來這裡。」

他越過女孩們的頭頂望著我說：「可怕，真可怕。」也許是燈光的關係，他的臉色很憔悴。我覺得他八成還是處男。

「過來，派爾，」我說，「把她們丟給格蘭傑。」我看到他把手伸向褲子臀部的口袋。我真的相信他會把口袋裡所有的越幣和美鈔都掏出來。「別做傻事，派爾，」我趕緊大叫，「你會害她們打起來。」我的那個女孩轉過身看我，我推了她一把，將她推到那群圍繞格蘭傑身邊的女孩堆裡。「不行呀，不行，」我說，「我是英國人，很窮，非常窮。」然後我抓起派爾的一隻袖子就把他硬拖出來，那個女孩還勾著他的另一隻手，像尾上鉤的魚一樣。有兩三個不很積極的女孩企圖在我們到達大門口前攔截我們，那個下士站在門口作壁上觀。

「我這個怎麼辦？」派爾說。

「現在她也沒轍了。」正說著她已放掉派爾，回去加入格蘭傑爭奪戰。

「他會不會出事？」派爾緊張地問。

「他可是如其所願，得到了他要的妞。」

外面的夜色看來十分平靜，除了又有一中隊的裝甲車匆匆趕往目的地。派爾說：「真可怕。我以前不會相信……」他一付驚恐憂戚的表情，「她們都那麼漂亮。」他並不是在羨慕格蘭傑，而是在惋惜，為什麼美好的事物——當然包括美麗溫婉的女人——會受到玷污或虐待。派爾能夠看得見眼前不幸的事。（我這樣寫毫無輕蔑的意思，畢竟，我們中有許多人是看不見的。）

我說：「我們回夏萊德餐廳吧，鳳在等吶。」

「真抱歉。」他說，「我幾乎忘了。你不該把她留在那兒。」

「她又沒有危險。」

「我剛只想看著格蘭傑安全地……」他再次沉入自己的思緒中。當我們走進夏萊德餐廳時，他又帶著讓人費解的憂慮說：「我忘記這裡有好多男人……」

2

鳳在舞池邊替我們占了一張桌子。樂隊在演奏一些五年前巴黎流行過的曲子。兩對越南男女在跳舞，他們小巧、整潔、漠然，還帶有一種我們無法企及的文明氣息。（我認識其中一對，印度支那銀行的會計，和他的妻子。）他們給人的感覺就是，他們從不穿著邋遢，不說失態的話，不會成為紊亂激情的俘虜。

如果這場戰爭屬於中古世紀，他們則屬於進步的十八世紀。或許有人會以為這位潘凡德先生餘暇時會寫些奧古斯都風格[4]的文字，但我碰巧知道他是詩人華茲華斯的弟子，寫自然詩。假日他就去達拉特，因為那地方距離最近又具備英國湖泊風情。當他經過我們這一桌時，他微微欠身示意。我想到與我們相隔五十碼的格蘭傑，不知他現在進展如何。

派爾為了讓鳳久等這件事，用生硬的法文向她道歉。「不敢求妳原諒。」他說。

「你們去哪裡了？」鳳問他。

他說：「我送格蘭傑回家。」

「回家？」我大笑著說。派爾看著我，好像在說我跟格蘭傑是一丘之貉。突然間我覺悟到我在他眼中的形象——一個中年男人，帶著血絲的眼睛，逐漸增加的體重，毫無使人愛戀的魅力，也許沒有格蘭傑多話，但卻比較酸刻，還比較不天真。我凝視鳳，她就像我第一次在大世界飯店看到的樣子。那天她穿著白色跳舞裙，舞過我的桌前。當時她十八歲，有位打定主意要締結歐洲好姻緣的姊姊在看著她。有個美國人買了票，請鳳跳舞，他有點醉——但還不至於捅什麼大簍子。我猜他是初來乍到，錯將大世界飯店的舞小姐當作妓女。當他們剛開始下場跳舞時，他實在摟得她太緊。才一會兒，她突然就跑開坐回她姊姊身旁，將那個美國人獨自留在舞池中不知所措，他還不解發生何事，就被跳舞的人群淹沒了。那時候我還不知道她的名字，只見她安靜地坐在那裡，間或啜一口柳橙汁，全然沉浸自我中。

「榮幸——是否——我有？」派爾用怪腔怪調的法文邀請鳳跳舞，沒多久，我看到他們沉默地舞到了房間的另一頭。派爾帶著她的雙手伸得老遠，好像隨時有分離的可能。他的舞跳得很蹩腳，而就我所知，當年在大世界沒有人跳得比鳳更好。

追求她的過程漫長而充滿挫折。如果我能提供成家的保證和一筆聘金，事情會容易許多，那位大姐也就會在我們想獨處時，安靜且識趣地躲開。可是，三個月過去了，每每當我以為抓到千載難逢的機會，看到她孤身一人在華麗大飯店的陽臺上時，大姐總在隔壁不住問我們什麼時候要進房間。一條法國來的貨船頂著搖曳的燈火在西貢河畔卸貨，三輪車鈴像電話鈴似的連連作響。我只能說，我當時或許是個既年輕又沒經驗的傻子。我絕望地回到卡提拿街的床上，作夢也沒有想到，四個月後她會躺在我旁邊，喘著氣、驚訝地笑著，因為一切都在她意料之外。

「弗勒先生。」因為我專注於他們跳舞的樣子，沒有注意她姊姊在另一張桌子向我招呼。現在她過來了，我不得已只好請她坐下。自從那晚在大世界她身體微恙，我趁機送鳳回家，之後，我們就斷絕了往來。

「有一整年沒見到你了。」她說。

「我常跑河內。」

「你那位朋友是什麼人？」她問。

「他叫派爾。」

「他是做什麼的？」

「他屬於美國經濟援助團。妳知道，就是專做那種事的——提供電動縫紉機給餓肚子的女裁縫。」

「有縫紉機？」

「我不知道。」

「可是她們又用不著縫紉機。她們住的地方根本沒電。」她是個只能理解字面意思的女人。

「那你得問派爾了。」我說。

「他結婚了嗎？」

我望著舞池說：「我想這是他有生以來最靠近女人的時刻。」

「他舞跳得很差。」她說。

「沒錯。」

「但他看起來是個可靠的好人。」

「沒錯。」

「我能與你多坐一會兒嗎？我那些朋友好無趣。」

音樂停了，派爾僵硬地向鳳鞠躬，然後帶她回來，替她拉椅子。我看出他紳士般的禮節博得了鳳的歡心。我心想，她和我在一起之後錯過的東西一定不少。

「這是鳳的姊姊，」我對派爾說，「荷小姐。」

「很高興認識妳。」他紅著臉說。

「你從紐約來的嗎？」她問。

「不是，從波士頓。」

「那也是在美國嗎？」

「噢，是，是。」

「你父親是個生意人嗎？」

「不算是，他是教授。」

「老師嗎？」她有點失望。

「唔，他是某方面的權威，妳知道。別人會向他請益，問他的意見。」

「關於健康方面嗎？他是醫生？」

「不是那種博士，他是工程博士。他專攻海底侵蝕。妳知道那是什麼嗎？」

「不知道。」

派爾想表現一點幽默說：「那麼，只好由我爸爸來跟妳說明。」

「他在這裡？」

「噢，沒有。」

「那他待會要來？」

「沒有，我只是說說笑而已。」派爾歉然地說。

「妳還有別的妹妹？」我問荷小姐。

「沒有。幹嘛？」

「聽起來好像妳檢驗派爾是不是具有結婚資格。」

「我只有一個妹妹。」荷小姐說，同時一掌重重地拍在鳳的膝蓋上，猶如議事主席敲下議事槌要求肅靜一樣。

「她是個非常漂亮的妹妹。」

「她是全西貢最漂亮的女孩。」荷小姐說，那語氣好像是要糾正他。

「我相信。」

我說：「該叫點東西來吃了。即使是西貢最漂亮的女孩也要吃飯。」

「我不餓。」鳳說。

「她很嬌弱。」荷小姐毫不放鬆繼續說道，她的聲音裡帶有一股狠勁，「她需要被照顧，她應該得到好的照顧，她非常非常忠貞。」

「我朋友真幸運。」派爾認真地說。

「鳳很喜歡小孩。」荷小姐說。

我大笑，不期然與派爾對視，他顯得有些震驚，我這才發覺他對荷小姐說的那一套真的有興趣。我一邊點餐（雖然鳳說不餓，但我知道她照樣吃得下一大份韃靼生牛肉加兩個生蛋等等），一邊聽派爾認真談論孩子的問題。「我想要很多孩子，」他說，「大家庭好處多，婚姻會穩固，對孩子也好。我弟妹還沒生的時候，一個人真是糟透了。」我以前可沒聽他說過這麼多話。

「你父親多大年紀了？」荷小姐打破沙鍋問到底。

「六十九。」

「老人家喜歡抱孫子。可惜就算等我妹妹有小孩時，也沒有父母可以含飴弄孫。」她說這句話的時候哀怨地盯著我。

「妳也一樣啊。」派爾說。真是畫蛇添足，我暗道。

「我父親的家世很好，他是個順化[5]的中國人。」

我說：「我幫你們都點了餐。」

「我不用。」荷小姐說，「我要回我朋友那邊去。我希望下次還有機會跟派爾先生聊聊，這個就要靠你幫忙了。」

「等我從北部回來以後吧。」我說。

「你要去北部？」

「我想該去看看戰況。」

「可是記者都回來了。」派爾說。

「這樣最好。可以不必碰到格蘭傑。」

「那麼弗勒先生不在時，你也一定要賞光和我們姊妹一道吃頓飯。」她邀請派爾，有些悶悶不樂，「來逗逗她開心。」

荷小姐走後派爾說：「多有教養的好女人啊！她的英文說得好極了。」

「告訴他我姊姊曾經在新加坡做生意。」鳳驕傲地說。

「真的？什麼生意？」

我替鳳翻譯：「進出口生意，她會速記。」

「我希望我們經援團多幾個像她這樣的人才就好了。」

「我會跟她說。」鳳說，「她應該會喜歡為美國人工作。」

晚餐後他們又跳舞。我的舞也跳得很差，但不像派爾那麼不自覺——或者當我與鳳初墜情網之時，我也曾像他一樣不自覺？在難忘的那晚之前——荷小姐生病那次，我在大世界飯店必定有過許多回，跳舞只為了有機會和鳳說說話。但當他們再次下場跳舞時，派爾並沒有利用這種機會。這次他比較放鬆，如此而已，還有他這次敢靠她較近，但兩個人都沒有說話。忽然，望著她纖纖美足，輕柔的舞步，我又有了戀愛的感覺。我幾乎不能相信，一兩個小時之後，她將跟我回到外有蹲踞老嫗，內有公用傢俱，骯髒且褪色的小屋。

我希望我沒有聽到關於發豔的傳聞，最好也不是其他北部城市的相關傳聞，除了一個地方，因為我跟那裡一個法國海軍軍官有私誼。他會讓我溜進去，我不必受新聞檢查，不被管制。找獨家新聞？誰看獨家新聞？現在不比韓戰，那時全世界的人都關注韓國的消息。那是去找死囉？每天晚上有鳳睡在身邊為什麼要去找死？當然我知道問題的答案。從小我就不相信永恆，雖然我還是渴望它。我總是擔心失去快樂，這個月，下個月，鳳會離開我，要不然明年，或者是三年後。在我的世界中唯一絕對的價值就是死亡。失去生命之後就再也沒有其他東西可以失去了。我羨慕那些信仰上帝的人，但我並不相信他們。我覺得他們是靠不變和永恆的寓言來維持勇氣。死亡遠比上帝來得真切。有了死亡，愛情日漸枯竭的可能才會終止，來日的枯索和冷寂的惡夢才會免除。我絕不是一個反戰主義者，殺人無疑帶給死者無限的利益。哦，是的，世界各地的人都愛他們的敵人，而朋友留給他們的是痛苦和空虛。

「原諒我霸占鳳小姐不放。」是派爾的聲音。

「喔，我不大會跳舞，但我喜歡看她跳舞。」大家每次提到鳳都用第三人稱，好像她不在場似的。有時候她隱而不見，就像和平一樣。

晚間的第一個表演要開始了：一個歌手，一個玩雜耍的，還有一個喜劇演員，他的笑話很淫穢，但我發現派爾顯然聽不懂這類黑話。當鳳微笑的時候他就微笑，我大笑的時候他也不自在地大笑。「不知道格蘭傑現在在哪裡。」我說，派爾這時用責備的眼神看著我。

接著是短劇的表演：是一群人妖歌舞團。我常在白天時看見他們其中好幾位，穿著破舊的便褲和套頭上衣，下巴有刮完鬍子後的青藍色，在卡提拿街走來走去，邊走邊搖著屁股。現在他們穿著低胸的洋裝，戴著假珠寶和假胸脯，發出男人沙啞的聲音。他們的裝扮多多少少滿足了西貢對歐洲女人的渴望。一群年輕的空軍軍官向他們吹口哨，他們回頭報以妖媚的微笑。我很詫異派爾突然高分貝激烈地抗議：「弗勒，」他說，「我們走。我們看夠了，不是嗎？這和她根本一點都不合適。」

---

1 北越城市。

2 美國著名之東西橫貫公路。

3 原文Sunday，此作安息日解，葛林意在諷刺。

4 十八世紀英國的新古典文學。

5 越南皇室所在地，古都。

第四章

1

從主教座堂的鐘樓遠眺，戰況好似一幅靜止的圖畫，就和以前《倫敦畫報》刊登過的波爾戰爭全景圖極為類似。一架飛機向石灰岩中一個孤立據點空投補給。獨特氣候所造成的侵蝕地形，使得安南邊界的山脈嶙峋不平。因為飛機總是回到相同的地點滑翔，看起來飛機就像從未移動過，而且補給品的降落傘也總是懸在相同地點的半空中。平原上迫擊砲的砲聲依然，所激起的煙霧結實得像石頭，市集裡的烈焰在日光下顯得慘白。傘兵渺小的身影沿著運河排成縱隊行進，但從這樣的高度望去，他們就像是靜止的。甚至連坐在鐘樓角落讀著每日經文的神父，也從未換過姿勢。戰爭從遠處看是非常乾淨整潔的。

我在黎明前乘著登陸小艇從南定來到這裡。因為自六百碼外包圍這個城鎮的敵人，已經將通路截斷，所以我們沒法在海軍的接駁站登陸。小艇只好沿著燃燒的市集進入。在火光的照耀下我們成為明顯的靶子，但不知為什麼，竟沒有人向我們開火。除了嗶剝燃燒的攤位外，一切都如此安靜。我還聽到一個塞內加爾的步哨在河邊調整他的立姿。

在發艷遭受攻擊之前，我對這個地方瞭如指掌。城裡有一條狹長的街道，兩旁都是木頭搭的攤販，每隔一百碼橫著一條運河、一間教堂、一座橋。入夜之後只有蠟燭和油燈照明（除了法國軍官寓所以外都沒有電），不分晝夜那條街總是既擁擠又嘈雜。它以奇異的中古世紀方式，在樞機主教的庇蔭下，成為全國最富生氣的地方。可是現在，當我登岸走向軍官寓所，它已是一片死寂。斷垣殘壁、碎玻璃、油漆和塑膠燃燒的氣味處處可見，舉目所及，長街一片空蕩。這些使我想起空襲警報解除後清晨的倫敦大道，隨時可能看到「未爆彈」的警告標示。

軍官住宅前面的圍牆被轟掉了，對街的房子也成了廢墟。從南定下來的途中，我就從貝侯德中尉那得知事情經過。他是個嚴肅的年輕人，共濟會[1]會員。在他看來這場災禍像是懲罰那些迷信的傢伙。發豔的主教有次訪問歐洲，在那裡他開始相信法蒂瑪聖母——即聖母向一群葡萄牙小孩顯現的傳說，後來得到羅馬教會的承認。他回來後，在主教座堂內為聖母築了一個巖洞祭臺，每年在聖母顯現那天舉行遊行。自從主教的私人軍隊被當局勒令解散之後，主教與那位兼領法越兩軍的上校的關係，就一直呈緊張狀態。今年，那位上校——他對主教多少有些同情，因為無論是對上校或主教而言，國家畢竟比信仰重要——表示了下友好的姿態，帶著他的高階軍官，走在遊行隊伍的前面。之前在發豔從來沒有那麼多人參加法蒂瑪聖母的遊行，現在甚至連許多佛教徒——他們占發豔人口數的一半——也捨不得錯過湊趣的機會，至於連那些既不信上帝也不信佛陀的，他們相信有這些旗幟、香爐和金黃的聖體光，應該可以保佑他們的家園遠離戰火。遊行的前導是主教所僅存的部隊——軍樂隊，緊接著是奉上校之命來表達虔誠的法國軍官，他們像唱詩班的男童。隨著隊伍通過教堂大門，經過教堂前湖心矗立的白色聖心像，頂著鐘樓的東方式飛簷，進入木雕的教堂，教堂內有巨大的原木柱子，鮮紅色的亮漆祭壇，看來比較像佛教而不是基督教。人群如泉水般湧入：從運河之間各個村落而來的，從青綠稻苗、金黃稻穗而非鬱金香的海埔新生地而來的，還有從各個風車教堂而來的。

沒有人注意越盟的幹員也混入了遊行的隊伍。是夜，當越共的主力營通過石灰岩山間的通道，進入東京平原時，即使被山區的法軍前哨發覺也已無濟於事，因為潛伏在發艷的的越盟幹員來了個裡應外合。

四天後的現在，靠著傘兵的協助，將敵軍逼退到小城周圍半哩外。這是一場敗仗，所以封鎖記者，封鎖消息，因為報紙必須刊登捷報。如果法國當局知道我的目的地，他們早在河內就會把我擋下。但是一旦離總部越遠，控制就越鬆，到了敵人砲火範圍之內，你就成了受歡迎的訪客——記者對河內參謀總部是一種威脅，對南定的軍團指揮部是一種憂慮，但對戰地的中尉，記者是一個玩笑，一種調劑，一個來自外面世界的趣味標記。他因此有了一段幸運的時刻，讓自己戲劇化一下，即使是他的受傷或死亡，都會因此增加一點虛假的英雄光環。

神父合上他的經文書說：「好了，讀完了。」他是歐洲人，但不是法國人，因為主教不希望在他的教區中有法籍教士。他表示歉意地說：「你應該能瞭解，我必須到這上面來，才能暫離那群可憐的人，求得一絲平靜。」迫擊砲的聲音似乎又靠近些，也許敵人終於發動反擊了。這場戰爭的奇異難處是初於尋找敵人：細長的交戰線有十幾處。在運河間，在農舍間，在稻田裡，利於埋伏的地點數都數不盡。

緊貼著我們腳下的是，或站，或坐，或臥著的，全發艷的居民，有天主教的，佛教的，無信仰的，他們都帶著最值錢的財產——煮飯的爐子、油燈、鏡子、衣櫥、草席，或是聖像——全搬進教堂所有領域之內。北部這邊，入夜後就會冰浸刺骨。可是教堂裡已塞滿了人，又別無庇護所，連通往鐘樓的每一級階梯都被人占滿。而且不分晝夜，抱著嬰孩及家當的人潮還是不斷由教堂大門湧入。無論他們的宗教信仰是什麼，他們相信在這裡就可以安全無虞。正當我們看著湧入的人群，有一個穿著越南軍服的年輕人，帶著一把來福槍，從人群中推擠進來，一個教士擋住他，拿走他的槍。我身邊的神父解釋說：「我們這裡是中立的，這裡是上帝的國度。」我心想：「上帝的子民多麼奇怪又可憐，他們驚慌、寒冷、又饑餓（神父告訴我：「我不知道有什麼給他們吃。」）；你會納悶一個偉大的國王怎麼會落得如此田地。」但是，後來我轉念一想：「最有權力的統治者不見得擁有最快樂的人民——這是放諸四海皆準的定理。」

下頭已經有些小店準備開張營業。我說：「很像個大市集，不是嗎？只不過看不到一張笑臉罷了。」

神父說：「昨晚他們凍慘了。我們現在只好一直關著大門，否則進來的人會超出我們的負荷。」

「你們全都在那裡取暖？」我問。

「不夠暖。而且我們連容納他們十分之一的空間都不夠。」他繼續說，「我知道你會怎麼想，但我們當中的某些人必須維持最佳狀態。我們有發豔唯一的醫院，而我們的修女是僅有的護士。」

「那外科醫生呢？」

「我盡我所能的去做。」這時我才看到他的長袍上有血漬。

他說：「你是到上面來找我的嗎？」

「不是。我只是上來看看實際情況。」

「我這樣問你是因為昨晚有一個人上來找我，他要做告解。他有點驚嚇過度，你知道的，因為看到運河那邊的情形，真難為他。」

「運河那邊很慘嗎？」

「他們被傘兵兩面夾擊。可憐的靈魂。我想或許你也會有同感。」

「我不是天主教徒，我想我甚至連基督徒都稱不上。」

「恐懼對一個人的影響真大。」

「對我可沒有那種影響。即使我還相信任何神祇，我還是很討厭告解這碼事。跪在小亭子裡，向陌生人坦露自己。你必須原諒我，神父，但是我覺得這似乎是一種病態——甚至是怯懦。」

「哦，」他淡淡地說，「我想你是個好人，你大概也沒什麼要懺悔的。」

我眺望排成一列的許多教堂，在運河間以相等的距離間隔著，一路延伸到海邊。第二個教堂的尖塔有一個燈光在閃滅。我說：「你沒有要求你所有的教堂都保持中立。」

「那是不可能的，」他說，「法軍只答應不干涉主教座堂，我們也無法再要求什麼。你現在看到的教堂已經是一個外籍兵團的據點。」

「我要走了，再見，神父。」

「再見，祝你好運，小心狙擊手。」

我一路推擠著人群才走出去，然後我經過小湖及那座白色雕像，雕像的手伸向外面的長街，略嫌過分慈愛。我可以看到街道兩頭各四分之三哩遠的路面，這段距離內，除了我之外只有兩個活人——兩個戴著偽裝鋼盔的士兵，端著輕機槍，向道路的盡頭走去。我說活人是因為還有個死人躺在門口，那人的頭也倒在路上。蒼蠅集結發出的嗡嗡聲，以及士兵軍靴漸漸遠去的噠噠聲，是僅有的聲音。我迅速地經過屍體並把臉別向另一邊。幾分鐘後我再回頭，伴我而行的只剩我的影子和我所造成的聲響。我覺得自己好像成了射程內的一個標靶。我突然想到，若我在這條街上發生什麼不測，可能要經過好幾個小時才有人來收屍，那段時間蒼蠅就會聚集過來。

我經過兩條運河以後，轉向一間教堂。有十來個身著傘兵迷彩服的人坐在地上，兩個軍官在勘察地圖。我走進他們之間卻沒人理我。一個背著長天線無線電的人說：「我們現在可以前進了。」於是每個人都站起來。

我用不大靈光的法文問他們，是否可以跟著他們走。在這場戰爭中僅有一點好處，就是生就的一張歐洲面孔可作為戰場上天然的通行證。歐洲人不可能被懷疑成敵方的特務。「你是幹什麼的？」那個中尉問我。

「我在報導這個戰爭。」我說。

「美國人？」

「不，英國人。」

他說：「這是小事，不過你若要跟我們一起走……」他開始要脫下他的鋼盔。「不用，不用。」我說，「那是給戰鬥人員戴的。」

「隨便你。」

我們從教堂後方排成一列走出去。中尉領頭，在運河邊停下步伐，等那名背無線電的士兵與兩翼的斥候連絡。迫擊砲彈在頭頂裂空而過，然後在視野外爆炸。我們在教堂的後面與一些人會合，現在大約有三十個壯丁。中尉用手指敲著地圖低聲對我解釋：「據報有三百名敵人潛伏在這個村落，也許今晚他們就會集結。因為至今他們的行蹤仍然成謎，我們也不確定這情報是否正確。」

「有多遠？」

「三百碼。」

無線電傳話過來，我們持續保持沉默，右邊是筆直的運河，左邊是灌木叢，然後是田野，然後又是灌木叢。「警戒解除。」中尉輕聲宣布，並揮手表示確定可以通行。走了四十碼以後，又有一條運河，河流上方一座無欄杆只剩橋板的危橋橫亙在我們眼前。中尉作勢要我們警戒，我們都蹲下，面對橋板對面三十碼情況不明的前方。有幾個人看向水裡，接著他們都像聽到口令似的，同時把視線移開。起先我不知道他們看到什麼，等我自己一看到，不知道為什麼，我的心立刻回到夏萊德餐廳，那些人妖，那些吹著口哨的年輕士兵，還有派爾說的那句話：「一點都不合適。」

運河裡滿是屍體，讓我想到一口裝了太多肉的愛爾蘭燉肉鍋。屍體交疊著；一個腦袋，暗灰色的，像是個剃過頭的無名受害者，像枚浮標似的冒出水面。四周看不到血，我想早已被流水帶走了。我不知道究竟有多少屍體：他們一定是在想要撤退時遭到夾擊。我猜岸邊的每個人都在沉思：這種把戲只要兩岸各有一人就可以玩了。我也把視線移開，我們都已經夠明白，現在我們沒什麼可以憑恃的，死亡來得多快，多簡單，而且死得那樣無名無姓。雖然我理智上想要達到死亡的狀態，但我仍像害怕初夜的處子一樣。我希望臨死之前有及時的警告，這樣我可以把自己準備好。準備什麼？我不知道，也不知如何準備，除了看一看周遭我將離開的那點地方。

中尉坐在背無線電的那人旁邊，瞪著雙腳間的地面。機器裡傳出嘰嘰嘎嘎的指令，他發出一聲嘆息，好像剛從睡夢中醒來似的站起身子。此刻他們的行動帶著一種奇特的默契，好像他們對任務已經一起預演過許多次。沒有人等待分配工作。兩個人去弄穩橋板，試著走過橋去，但因武器的重量使他們無法保持平衡，他們只得跨坐在橋上，一寸一寸向前挪。另外有人從運河下方的樹叢裡找到一個平底筏，他把筏子弄到中尉站的地方。我們六個人上了筏子，他開始向對岸撐篙，但我們擱淺在一堆屍體中，他用竹篙插進入肉堆，把他們撥開，有一具屍體因而鬆開，全身就在船邊浮起，彷彿一個泳者躺在那曬太陽，然後我們又可以動了。一到對岸我們爭先恐後地爬上去，誰都沒有回頭看一眼。沒有人開槍，我們都還活著，死亡已離去，也許只是在下一條運河等候。我聽到有個在我身後的人用德文真摯地說：「感謝上帝。」除了中尉之外，他們多數是德國人。

前方是幾間農舍組成的三合院。中尉帶頭貼著牆進去，我們間隔六呎，一個跟一個。另外一些士兵，仍然不需命令，又一次自動在田間散開。生命已離棄了這裡——但還剩了些母雞。而在本來是客廳的牆上，還掛著粗劣的「耶穌聖心」和「聖母聖嬰」兩幅石版畫像，給這整個搖搖欲墜的院落添了一點點歐洲的氣息。就算你與這些村民信仰不同，也知道他們相信什麼；因為他們是人，不是泡在水裡的灰色屍首。

這個戰爭有一大部分就是坐著，不作為，等待別人採取行動。因為無法保證你還有多少時日可活，所以連認真想些什麼，似乎也沒什麼意義。他們按照不知做過多少遍的往例，放出步哨。現在我們前方若有任何動靜，那就是敵人。中尉在地圖上做了記號，然後用無線電報告我們的位置。午間的休息時刻已至，連迫擊砲都靜止了，空中也沒有飛機的影子。有人拿了根樹枝在曬穀場的地上隨手塗鴉。好一陣子過去，我們似乎都被戰爭遺忘了。我希望鳳已把我的西裝送去洗衣店。一陣冷風吹拂院子裡的稻草，一個人謹慎地躲到穀舍後面解放。我試著回憶，河內英國領事給我的那瓶威士忌，我究竟付過錢了沒有。

我們前方響起兩聲槍響，我想：「他們來了，終於來了。」這就是我所要的警告。我等待著，懷著興奮的感覺，等待永恆的一刻。

但什麼事都沒發生，又一次我對那件事做了「過分準備」。過了漫長的數分鐘之後，步哨進來向中尉報告。我聽到「兩個平民」什麼的。

中尉對我說：「我們去看看。」然後我們跟著步哨，沿著泥濘且雜草叢生的田埂，到了農舍以外二十碼的地方，一條窄溝裡，找到了我們要看的東西：一個女人和一個小男孩。只要望一眼就知道都死透了——女人的額頭上有一塊血跡，小孩原先可能是睡著的，年紀差不多六歲，他睡在那裡像個子宮裡的胚胎，瘦骨嶙峋的膝蓋抱在胸前。「真不幸。」中尉說。他彎腰把小孩翻正過來，小孩的脖子上掛著聖牌，我暗道：「神符也無效。」有一條咬過的麵包壓在他的身體下面。我想，我非常厭惡戰爭。

中尉說：「你看夠了吧？」他的語氣凶惡，彷彿我該為這兩個人的死亡負起責任。也許對軍人而言，平民是雇用他們殺人的人，是把殺人的罪惡感放在薪餉袋中然後轉身逃避責任的人。我們走回農莊，靜靜坐在稻草上。稻草能敏感的測知風向，就像敏感的動物似乎知道黑夜即將來臨。剛才在地上亂畫的人去方便，剛才去方便的人已回來在地上亂畫。我想剛才放哨後那段寂靜的時間，那對母子必定相信從壕溝出來是安全的。不知道他們是否已在那裡躺了很久——麵包變得非常乾硬。這個院落大概是他們的家。

無線電又有消息傳來，中尉懨懨地說：「他們要轟炸村莊。斥候隊被召回去過夜。」我們起身開始我們的回程，再一次的經由平底筏，渡過大堆浮屍集結成的淺灘，一路縱隊通過教堂。我們並沒有走多遠，但感覺上好像經過了漫長的旅程，而造成兩個婦孺的死亡似乎是唯一的結果。這時飛機已經升空，轟炸已在我們背後開始了。

當我到達準備過夜的軍官房舍時，天色已暗。氣溫只有攝氏一度，唯一能找到的溫暖之地是燃燒中的市集。一堵牆已被火箭筒轟倒，大門也歪扭了，帆布的簾子也擋不住強勁的穿堂風。發電機沒有轉動，我們只好用書本和箱子築成圍牆，免得燭火被吹熄。我跟一個名叫索黑爾的上尉用越共的錢賭四二一點，因為我來者是客又搭他們的伙，我們不可能用酒來賭。手氣轉來轉去，久久沒個輸贏。我打開我那瓶威士忌，希望能讓大家暖和些，其餘的人都圍了上來。上校說：「這是我離開巴黎後第一杯威士忌。」

一個中尉剛查哨回來，「也許我們會有一個平靜的夜晚。」他說。

「四點以前他們不會攻擊。」上校說，「你有沒有槍？」他問我。

「沒有。」

「我替你弄一把來。最好把它放在枕頭上。」他懇切繼續說道，「恐怕你會發現你的睡墊相當硬。還有，三點三十分迫擊砲將開始攻擊。我們要儘量分散他們的火力。」

「你看這一仗要打多久？」

「誰知道？我們無法再從南定調撥兵力來。這只是牽制攻擊。兩天前我們已經得到增援，如果能以現在的兵力支撐過去，那就可算是一次勝利。」

外面又起風了，冷風徘徊著尋找縫隙鑽進來。帆布被吹得鼓漲起來（我聯想到那個被掛氈背後的人刺死的波龍尼），燭火也搖曳不止，把人的影子照得如同群魔亂舞，我們因此好像成了一班江湖賣藝人。

「你們的據點都控制住了嗎？」

「據我們所知確是如此。」他以非常疲倦的語氣說，「這算不了什麼，你知道，和一百哩外和平市所發生的情況比起來，這裡的事不值得一提，那裡才是一場硬仗。」

「再來一杯，上校。」

「謝謝，不了。你的英國威士忌真棒，但最好留一點，夜晚如果有需要可以喝。我想，如果你不介意，我要去睡一下，迫擊砲一響誰也沒辦法睡。索黑爾上尉，你幫弗勒先生準備他所需要的東西——蠟燭、火柴、一把左輪。」他說完後走進他自己的房間。

這是給我們所有人的就寢訊號。他們為我在小儲藏室的地上放了一塊睡墊，周圍都是木箱。一會兒時間我就睡著了——地板的硬度讓人有種安息的感覺。我想到鳳，不過奇怪的是我毫無嫉妒之意，不知她是否安睡在寓所裡。今晚對肉體的慾望非常淡薄——或許是因為白天看了夠多的「肉體」。那些肉體已不屬於任何人，甚至也不屬於他們自己。我們不過是拋棄式的皮囊。我睡著以後夢見派爾。他獨自在舞臺上跳舞，雙臂僵直地前伸，扶著一個看不見的舞伴，我坐在一條鋼琴凳上看著他，手裡握著一把槍，以防有人干擾他跳舞。舞臺邊豎著節目單，就像在某個英國的音樂廳一樣，上面寫著：「愛之舞，『一』張證書」。有人在戲院後面走動，我把槍握得更緊，然後我醒了。

我的手正放在他們借給我的那把槍上，有人手拿著蠟燭站在門口。他頭戴鋼盔，陰影遮蓋了眼睛，直到他開始說話，我才知道他是派爾。他羞澀地說：「非常非常抱歉吵醒你，他們說我可以睡在這裡。」

我還沒完全清醒過來。「你從哪裡弄來那頂鋼盔？」我問。

「噢，別人借給我的。」他含糊地說，他把身子背後的軍用背包拖進來，抽出一條羊毛睡袋。

「你的裝備倒很齊全。」我說，同時試著理出個頭緒，我們倆為什麼會在這裡。

「這是標準旅行組合包，」他說，「我們醫療援助隊的。我到河內時他們借給我的。」他拿出一個保溫瓶，一個酒精爐，一把梳子，一套刮鬍工具，還有一罐乾糧。我看了看錶，差不多已經是凌晨三點鐘了。

2

派爾繼續把包包中的東西拿出來。他用木箱排成一個長檯，把刮鬍工具和鏡子放在上面。我說：

「我懷疑你要到哪裡去弄水。」

「哦，」他說，「我保溫瓶的水夠早上用了。」然後坐在睡袋上開始脫下他的靴子。

「你究竟是怎麼來到這裡？」我問。

「他們准我最遠到南定，去探視我們的砂眼防治隊，我在那租了一條船。」

「一條船？」

「哦，平底筏子那種——我不知道那叫做什麼。其實我是把它買下了，也沒有多少錢。」

「你自己一個人從水路過來？」

「其實一點都不難，你知道的，是順流而下。」

「你真是瘋了。」

「哦，沒有啦，唯一的危險是靠岸登陸的時候。」

「或者是海軍巡邏艇或法國飛機開槍打你的時候，或是越盟兵割你脖子的時候。」

他不好意思地笑了。「好啦，反正我也到了。」

「來做什麼？」

「有兩個理由，但我不想吵你睡覺。」

「我並不睏。何況馬上砲聲就要開始響了。」

「你是否介意我移一下蠟燭？這裡有點亮。」他似乎很緊張。

「第一個理由是什麼？」

「前些日子，你記不記得，我們跟格蘭傑一起——還有鳳，你說的話讓我覺得這地方可能挺有趣的。」

「是這樣嗎？」

「我想應該來看一看。說實話，我有點不齒格蘭傑。」

「原來如此，這麼簡單。」

「唉，其實過來也不是太難，不是嗎？」他開始玩弄他的鞋帶，經過一段頗久的沉默，「我沒有完全說實話。」他終於說了。

「沒有嗎？」

「我其實是來找你。」

「你來找我？」

「是。」

「為什麼？」

他的視線從鞋帶上抬起來，滿臉的慚愧痛苦，「我必須告訴你——我愛上了鳳。」

我禁不住大笑起來。他是那樣的出人意外，那樣認真。我說：「你就不能等到我回去再說嗎？下星期我就會回西貢。」

「也許你會遇難，」他說，「那樣我就不夠朋友了。而且我又沒把握能一直與鳳避不見面。」

「你是說，你已經與她避不見面？」

「當然。你以為我會趁機找她表白——不先跟你說一聲？」

「常有的事。」我說，「你什麼時候愛上她的？」

「我猜是跟她在夏萊德餐廳跳舞那晚。」

「我不覺得當時你們倆夠親近。」

他用一種「搞不懂你」的眼神看著我，如果他的行動我覺得瘋狂，那麼我的態度他顯然也是難以理解。他說：「你知道，我想是因為我看了那些五百美人屋的女孩，她們都那麼漂亮，怎麼會這樣呢？她也可能成為其中之一，我想保護她。」

「我不認為她需要別人保護。荷小姐有邀請過你嗎？」

「有，但我沒去。我推掉了。」他黯然地說，「滋味真不好受。我覺得自己好卑鄙。但是，你相信我，是不是？如果你們結婚了——唉，我就不會去介入人家夫妻之間。」

「你好像很確定你一定能介入。」我說。這是第一次他的話觸怒了我。

「弗勒，」他說，「我還不知道你的教名——」

「湯瑪斯。又怎麼了？」

「我可以叫你湯姆嗎，可不可以？我覺得以另一種角度看，這件事把我們倆拉得更近了，我的意思是我們愛著同一個女人。」

「你下一步打算怎麼做？」

他興致勃勃地坐起身，靠著木箱說：「既然你知道了，我就不用閃閃躲躲了。我會向她求婚，湯姆。」

「我寧願你叫我湯瑪斯。」

「她就必須在你我之間做個抉擇，湯瑪斯，這樣夠公平了。」

但這樣真的公平嗎？我第一次為那可預見的孤寂感到寒意。事情真是非常荒唐，何況……他或許是個蹩腳的情人，但我也是個差勁的男人。而他手中握有無窮豐富且美好的未來。

他開始寬衣，我又想，他還擁有青春呢。羨慕派爾是一件多麼傷心的事。

我說：「我不能娶她。我家鄉有妻子，她不可能跟我離婚，她是高派教會[2]的——如果你知道這代表什麼意思。」

「我很遺憾，湯瑪斯。順便告訴你，我的教名是愛爾登，如果你想——」

「我寧願叫你派爾。」我說，「我已經把你跟這個名字連在一起了。」

他鑽進睡袋，把手伸出來弄滅蠟燭。「嗚呼——」他說，「真高興事情過去了。湯瑪斯。我之前為這事難過極了。」他釋懷的也未免太明顯了點。

蠟燭熄掉後，我只能經外頭火光的照耀，看到他平頭的輪廓。「晚安，湯瑪斯，祝你好眠。」剎時間，他的話語就像一齣鬧腳喜劇的開場鑼一樣，因為話聲剛落，迫擊砲就開火了，呼呼呼！咻咻咻！轟轟轟！

「天老爺，」派爾說，「這是敵人進攻嗎？」

「是他們在設法阻止敵人進攻。」

「唉，我想這下我們大概沒得睡了？」

「沒得睡了。」

「湯瑪斯，我想告訴你，你面對這整件事的態度——我覺得你真是了不起，帥呆了——沒有比這更適當的字可以形容了。」

「謝謝。」

「你見的世面比我廣得多，你知道，從某些方面看，在波士頓真有點坐井觀天。即使你不是什麼學界宗師，但我希望你能給我點建議，湯瑪斯。」

「關於。」

「鳳。」

「如果我是你，才不會相信我的建議呢，因為我是有私心的，我要保住她。」

「喔。不過我知道你是正直的人，非常正直的人。而且我們倆都是真心為她的利益著想。」

忽然間我再也無法忍受他的孩子氣。我說：「我才不在乎她的利益，你去管她的利益，我只要她的身體，我要她跟我上床。我寧願睡她，糟蹋她，也不要管她什麼該死的利益。」

「噢，」他在黑暗中發出軟弱的聲音。

我繼續說：「如果你真的只是為她的利益著想，那麼看在老天份上，放了她吧，她跟任何別的女人一樣，寧願有一個好——」轟隆隆的砲聲使波士頓的耳朵免去了盎格魯薩克遜的言辭轟炸。

但派爾的性格裡有一種難以轉圜的執拗。他認定我這個人很有修養，那就必定很有修養。他說：「我知道你心裡難受，湯瑪斯。」

「我沒有心裡難受。」

「你有的。如果我必須要放棄鳳的話，我知道我一定也會心裡難受。」

「可是我沒有要放棄她。」

「我也有肉體方面的慾望，湯瑪斯，但只要她能快樂，我會放棄的。」

「她現在就很快樂。」

「那是不可能的——在目前的情況下。她需要有孩子。」

「你真的相信她姊姊那一套屁話——」

「有時候姊姊看得更清楚——」

「她姊姊只不過是把那些觀念灌輸給你，派爾，因為她認為你比較有錢。我的天，她顯然很成功。」

「我只有薪水而已。」

「可是，美金的匯率比較高。」

「別在那冷言冷語，湯瑪斯，這種事在所難免，我真希望這件事不是發生在你身上。那是我們的砲聲嗎？」

「是的，『我們的』砲聲。你的口氣好像她一定會離開我，派爾。」

「當然，」他不置可否地說：「她可以選擇留在你身邊。」

「如果那樣，你怎麼辦？」

「我就申請調職。」

「你為什麼不就放棄她算了，派爾，何必惹這些麻煩？」

「那對她不公平，湯瑪斯。」他很認真地說。我從沒看過有人惹了這多麻煩，是出於這麼光明正大的動機。他又說：「我認為你不太瞭解鳳。」

然而，幾個月後的那個早晨，當我醒來的時候鳳又躺在我身邊，我心想，你就瞭解她了嗎？你能預料現在的情景嗎？你死了，鳳快快樂樂地睡在我旁邊？時間總會帶來報復，但報復到來時多半已變味了。不如我們都不要費心企圖瞭解別人，接受沒有哪個人能瞭解另一個人的事實，無論是丈夫與妻子，男人與情婦，父母與孩子，都不可能互相瞭解。也許那就是人為什麼要創造神——一個能夠瞭解別人的存有。也許當我想要被瞭解或想要去瞭解人之時，我就會接受信仰的哄騙，但我是一個報導事實的記者，只有寫社論的主筆才需要神的存在。

「你認為我對她還有什麼地方需要瞭解的嗎？」我問派爾，「算了，看在老天的份上，還是讓我們喝杯威士忌吧，現在這麼吵，也沒辦法爭辯什麼了。」

「現在喝酒太早了吧。」派爾說。

「夠他媽晚了。」

我倒了兩杯酒，派爾舉起酒杯，他透過威士忌凝視著蠟燭。每當砲彈爆炸，他的手就在發抖，可是他居然還不知死活，莫名其妙地從南定跑來。

派爾說：「我們如果對彼此說『祝你好運』會很奇怪。」因此，我們只喝酒，什麼都沒說。

---

1 Freemason，「Mason」含有石匠文意。傳說共濟會溯自參加建造巴貝爾塔（古巴比倫）的石匠工會。一七一七年成立於英國，是世上最大的祕密結社，因大英帝國的向外擴張，共濟會也隨之傳播。共濟會常被誤認為基督的組織，其綱領強調道德、慈善和遵守法律，大部分的共濟會將會員分成主要三個等級：學徒、師弟和師傅。拉丁語系國家的共濟會會員主要為自由思想者（free thinker），反對羅馬天主教會權威，在英語國家則多是白人新教徒。

2 英國國教的一支，非常重視禮儀，在婚姻觀念上和天主教極為相似。

第五章

我本來以為我只會離開西貢一星期，結果卻在外頭待了近三個星期才回去。首先，實際上從發豔脫身要比潛入困難得多。從南定到河內的道路已被切斷，而且不可能為了一個記者，尤其是為一個私自越界的記者調派飛機。後來當我抵達河內，那群記者正巧飛來聽取最新的勝利簡報，而帶他們來的飛機，回程中並沒有多出來給我的位子。派爾在到達發豔的當天一大早就走了，他的使命──跟我談鳳的事──已經達成，就沒什麼事留得住他。砲聲在五點三十分停歇，我沒有叫醒他，和大家一起喝了杯咖啡和吃了幾塊餅乾，回來時他就不在了。我以為他去閒逛──畢竟他從南定撐船過來而安然無恙，當然更不會把狙擊手放在眼裡。他不能預見自己的痛苦和危險，正如他沒法設想他會把痛苦帶給別人。有一次──不過那是好幾個月以後的事了──我實在控制不住自己，硬將他的一隻腳拖進去，拖進我所謂的痛苦裡去。我清楚記得他如何轉身離開，帶著一臉困惑，望著他沾了血污的鞋說：「我去見公使前必須把它擦亮。」那時候我就知道他連所用的詞彙都學了約克．哈定的調調。不過他還是有他的真誠之處，巧合的是，犧牲的總是別人，直到那個達可橋下的最終夜。

一直等到我回到西貢，在一次喝咖啡閒聊中，我才得知派爾那時說服一個海軍軍官，用登陸艇帶他一起去做例行巡邏，然後偷偷把他在南定放下。好運總是跟著他，他跟著他的砂眼防治隊，在通路被正式切斷前的二十四小時回到河內。而我到河內時他又已南下，留了張字條在記者營的酒保那裡給我。

「親愛的湯瑪斯：」字條上寫著，「我不用再說一次，那晚你是多麼有器量。我得告訴你，那晚我進房間去找你時，我的心差點跳出來。」（那他一個人撐船經過那麼長的河道，他的心一點都不跳？）「很少人能像你這樣，如此冷靜地處理這一切，你真了不起。把事情向你坦白以後，原先心裡感到的愧疚減輕了一半以上。」（難道事情只對他有影響？我不免覺得氣憤。然而我知道他根本沒這個意思。對他而言，只要他不再感到愧疚，整個事件就能迎刃而解——我會更快樂，鳳會更快樂，整個世界都會更快樂，甚至還包括經濟專員和公使。派爾不再愧疚了，春天降臨了印度支那。）

「我在這裡等了你二十四小時，但若我今天不動身，就無法在一星期的期限內回到西貢，而我真正的工作是在那裡——南部。我已交待砂眼防治隊的那些小伙子關照你—你會喜歡他們的。他們是一群了不起的小伙子，擔當非常艱鉅的任務。你完全不必擔心我先你一步回到西貢。我向你保證，在你回來以前我不與鳳見面。我不願讓你事後覺得有任何不公平。你真摯的朋友，愛爾登。」

又是那麼自信的假設，料定「事後」失去鳳的人一定是我。難道信心非得以「匯率」為基礎嗎？先前我們以英鎊作為度量事物的價值標準，難道現在我們得換成用美金嗎？價值一美金的愛情？一美金的愛情，當然，其中包含結婚，生子，慶祝母親節，說不定也包括去雷諾市、維京群島，或任何現在方便辦理離婚手續的地方。一美金的愛情可以心安理得地帶著大家一起下地獄。但我的愛情沒有特別目的，未來是可想而知的。我們唯一能做的就是讓未來的日子好過些，讓我們能和緩地面對未來，因此即使是鴉片在那種情況下也有它的價值。但我絕沒有料到我首先要向鳳揭露的未來竟是派爾的死訊。

由於沒有更好的事做，我只好去參加記者會。格蘭傑當然在那裡。記者會由一個年輕且太過俊美的法國上校主持，他講法文，然後由一個資淺軍官擔任翻譯。坐在一起的法國記者像要跟人劃清界線一樣自成一格。我發現自己很難專心去聽法國上校說話，從頭到尾我的思維都在想鳳，想一個問題：假設派爾是對的，我會失去鳳——以後的路該怎麼走？

口譯員說：「上校表示，敵人大敗，而且損失慘重——死亡人數相當於一個營。剩餘的敗兵殘將正以臨時拼製的筏子渡過紅河，往回竄逃。空軍正繼續予以轟炸中。」上校伸手輕拂了一番他那光潔整齊的金髮，然後揮動著他的解說棒，沿著牆上狹長的地圖舞動下去。一個美國記者問：「法軍的損失有多少？」

上校完全聽得懂這個問題——在這種記者會上這個問題經常被提出——但他卻暫停在那，舉著解說棒，面帶明星學者和藹的微笑，等待口譯員翻譯，然後才耐心地作了一個含糊不明的答覆。

「上校說我們的損失不重，確實數字還不知道。」

這回答已經成了一個訊號，表示後面有麻煩了。你可以預料，這位上校遲早會對這班難以駕馭的學生想出應付的方法，否則校長會指派另一個能幹的人來維持秩序。

「上校是否當真要告訴我們，」格蘭傑問說，「他有時間數敵人的死亡人數，卻沒有時間數自己的？」

上校耐心地編織退避的網，雖然他很清楚這個網會被下一個問題擊破。法國記者們則不動聲色地靜坐著。如果美國記者能逼上校說出什麼實話，他們也不會放過，但他們不願加入誘捕的行動，畢竟那是他們的同胞。

「上校說敵人節節敗退，我們可以計算火線後的死傷人數。因為戰事還在進行，我們沒有辦法從進攻中的法軍各單位推算出確切數字。」

「不是我們推算不推算死傷人數的問題，」格蘭傑說，「而是參謀總部知道還是不知道確實數字。你是在認真地告訴我們，各排有傷亡時，都不必用無線電回報？」

上校的好脾氣差不多要磨光了。我想，如果他一開始就能看穿我們的底牌，然後強勢地表示，他知道確實數字，但不願意透露，這樣就沒事了。畢竟那是他們的戰爭，不是我們的，天賦人權裡可沒包括探聽別人的消息這一項。我們不必跟巴黎的左派議員相鬥，也不必跟紅河與黑河間的胡志明部隊打仗，我們可沒有損失一兵一卒。

上校突然怒吼著說，法軍和越盟的死亡比大約是一比三。說完就把背轉向我們，惡狠狠地瞪著他的地圖。畢竟，死的是他的士兵，他的下屬軍官，他在聖西耳軍校前後期的同學──不只是對格蘭傑來說的數字而已。格蘭傑說：「這下我們總算有些進展了。」說完擺出一副不可一世的姿態，向同業們環視一周。法國記者們則埋首記下這則慘烈的消息。

「這比韓戰時所能承認的比例還高。」我故意裝作聽錯而如此說，其實只是給格蘭傑提供新的挖掘方向。

「請問上校，」他說，「法軍接下來要採取什麼行動？他說敵人正渡黑河──」

「紅河。」譯員糾正他。

「我管它是什麼顏色的河，我要知道的是法軍下一步要怎麼做？」

「敵人正在逃竄。」

「逃到對岸之後呢？你們有什麼打算？你們是否就在河這邊坐下來，然後說到此為止？」法國軍官們臉色陰沉，耐著性子聽著格蘭傑大放厥詞。這年頭就連軍人也要有謙遜的修養。「你們是否打算空投聖誕卡給他們？」

擔任翻譯的上尉小心翼翼地逐字譯出，連大家都懂的「聖誕卡」也照樣譯成法文。上校拋來帶有寒意的微笑，然後說：「不投聖誕卡。」

我想上校的年輕和俊美是特別激怒格蘭傑的地方。上校算不上是個——若照格蘭傑的論調——男人中的男人。他又說：「你們也沒什麼別的東西可投。」上校突然用英文，用非常漂亮的英文說：「如果美國人答應提供的補給物資真的送來的話，我們就比較有東西可投了。」他雖然看起來高雅，骨子裡是個直腸子的人。他相信報社記者會把國家榮譽看得比新聞重要。格蘭傑尖銳地說（他這時候可靈光了，日期記得清清楚楚）：「你的意思是答應在九月初送到的補給品都沒到嗎？」

「沒有。」

格蘭傑弄到他的新聞了；他開始振筆直書。

「抱歉，」上校說，「那個不可以上報，只是用來說明背景。」

「但是，上校，」格蘭傑抗議道，「那正是新聞。而且可以幫你們一點忙。」

「不行，那是外交官的事。」

「這件事寫出去會有什麼害處呢？」

上校不按規矩說法文。法國記者這回吃了大虧：他們不太懂英文。他們在那憤怒地交頭接耳。

「我不敢斷言，」上校說，「或許美國報紙會說：『噢，法國佬老是抱怨，需索無度。』而且在巴黎的共產黨會指責說：『法國人在那為美國人流血，美國人連個二手的直昇機都捨不得給。』反正一定沒有好處。弄到最後我們還是沒有直昇機，敵人也還是在離河內五十哩的地方流竄。」

「至少我可以寫說，就說你們極需要直昇機，這樣行吧？」

「你可以寫說，」上校說，「六個月前我們有三架直昇機，現在只剩一架，一架。」他做出不可思議和痛苦的樣子，「你可以寫說，如果有人在戰場上受傷，不必受重傷，只要受普通的傷，他就知道他大概死定了。十二小時，或許二十四小時，躺在救護車的擔架上，經過破碎的小路，在路上或是車子拋錨，或是遇到埋伏，或是發炎起來。倒不如當場斃命還來得好過些。」法國記者身體前傾，努力想聽懂他在說什麼。「你可以那樣寫看看。」他說，他怨毒的神色在他的俊美下愈發猙獰。「翻譯！」他下達命令之後立即走出房間，留下那個上尉去完成他很不習慣的任務：把英文譯成法文。

「這回可逮到他了。」格蘭傑滿足地說，然後他走到吧檯旁邊的角落寫他的電報稿。我的稿子沒多久就寫好了，因為反正我在發豔得知的情形不可能通過檢查。如果故事夠精采，我可以飛到香港發稿。但是，真會有那麼好的消息值得我甘冒被吊銷資格的危險？我懷疑。吊銷資格就是整個生命的結束，就是派爾的勝利。當我回到旅館時，等在我信件架上的正是派爾的勝利，這個事件的結束——升遷的賀電。但丁設了漏斗逐級而上的地獄，但沒有為打入地獄的情侶安排救贖的可能。受罰的保羅，並沒有自地獄升遷至煉獄層的機會。

我上樓進入空蕩蕩的房間，裡面的冷水龍頭在滴水（河內沒有熱水供應），我在床沿坐下，床的上方吊著一綑蚊帳，狀似隆起的雲朵。我將回去擔任國外部編輯了，每天下午三點半才去那幢位於布萊克法拉爾車站旁，莊嚴肅穆的維多利亞式建築，車站的升降機旁還有塊索爾斯伯利爵士[1]的匾。他們已從西貢把好消息送過來，我在想不知道消息是否已經傳到鳳的耳朵。我當記者只剩沒幾天了，我將變成一個發表意見的人。但獲得這項虛榮的代價是剝奪我與派爾競爭的最後一線希望。我擁有的經驗足以與他的童貞匹敵——在性的競爭中，成熟與年輕同樣是張好牌。但是現在，我連有限的十二個月的未來都無法提供，而未來才是真正的王牌。我羨慕那些懷鄉至極卻又得時時面對死亡危機的軍人。如果可以我很想哭泣，但淚腺乾得像這裡的熱水管。啊，讓他們成家去吧——我只要我那卡提拿街的窩。

入夜後的河內很冷，燈光也比西貢來得黯淡，這和當地女人的深色衣服與戰地的氣氛挺配的。我走去岡貝答街的帕克斯酒吧——我不想去「大都會」與那些高階的法國軍官及他們的妻女一起喝酒。當我到達酒吧的時候，注意到和平市那個方向，有像遙遠鼓聲般響個不停的槍聲。白天裡這些聲音被車輛的喧鬧聲淹沒了，現在除了聚在那裡響著車鈴，等待生意上門的車伕，一切都靜下來了。皮耶提坐在他的老位子上，他有一個古怪的長腦袋擱在肩膀上，就像一個梨子擱在盤子裡，他是法國警官，娶了一個漂亮的東京女孩，帕克斯酒吧就是他太太開的。他也是一個不怎麼特別想回故鄉的人。他原籍科西嘉島，但他比較喜歡馬賽，不過跟馬賽比起來，他更喜歡在這岡貝答街的人行道邊閒坐。我猜想不知他是否已經知道我的電報內容。

「玩把四二一？」他問我。

「有何不可？」

我們開始擲骰子。我覺得要我離開我所熟悉的卡提拿街和岡貝答街，重新開始過另一種生活似乎不太可能，這裡有淡淡的苦艾酒和親切的骰子聲，還有那從地平線開始作半圓周旅行的劃空砲火聲。

我說：「我要回去了。」

「回家？」皮耶提問，同時擲出四一點。

「不，回英國。」

1 一八三〇—一九〇三，英國議員。

第二部

第一章

派爾自己提出要來跟我喝一杯的邀請，但我知道其實他根本不大喝酒。經過這幾個星期，那次奇特的發豔會面現在看來似乎叫人難以置信，連當時交談的細節如今也模糊了。就像古羅馬墓碑所留下的斷簡殘篇，我這個考古學家就以自己的學術偏見填補缺字。現在我甚至覺得他一直在誤導我，那次交談是個精緻而幽默的偽裝，因為在西貢已經耳語四起，說他涉及為某個太過明顯的祕密機構工作。也許他在提供武器給某個第三勢力——主教的軍樂隊，裡頭都是些沒繳稅且嚇壞了的年輕人。在河內收到的那封電報，我一直將它放在我的口袋裡。我想沒有理由把這個消息告訴鳳，那樣只會白白糟蹋剩下的幾個月，使得日子在眼淚和爭吵中過去。說不定移民局裡有她的熟人，所以我甚至打算拖到最後一刻才去辦理出境手續。

我告訴她：「派爾六點要來。」

「那我就去看看我姊姊。」她說。

「我想他會想看到妳。」

「他不喜歡我跟我的家人。你不在的時候，即使我姊姊邀請他，他一次也沒去她那裡。讓我姊姊很傷心。」

「妳不用出去。」

「如果他真的想見我，他應該會請我們兩個去華麗飯店。他一定是有事要單獨跟你談——談生意。」

「什麼生意？」

「人家說他進口很多很多東西。」

「什麼東西？」

「藥品，藥材……」

「那是要給北部的砂眼防治隊的。」

「也許吧。海關都不許打開，那是外交包裹。但有一次出個錯——那個人就被解雇。首席祕書威脅說要停止一切進口。」

「箱子裡是什麼東西。」

「塑膠。」

「妳是說塑膠炸彈嗎？」

「不是，就是塑膠而已。」

鳳走了之後，我寫了一封信回國。有一個路透社的人過幾天要去香港，他可以幫我把信帶到那邊去寄。我知道我的上訴是沒有希望的，但這樣將來我不會因為沒有盡人事而責怪自己。我寫給主編，說明現在不是換記者的適當時機。狄拉德將軍在巴黎命在旦夕；法軍打算從和平市全面撤軍；北部局勢一觸即發。我說我不適合擔任國外部編輯——我只是記者，我對什麼事都沒有真正的見地。寫到最後一頁我甚至提出了個人的苦衷，雖然，在辦公室裡，只有慘白的日光燈，綠色的遮陽帽，僵化的官腔——「報紙的利益」、「情勢所迫」等，而同情心是不太可能存在的。

我寫道：「因為個人的理由，我很不願意調離越南。我想我在英國無法在工作上有最佳表現，因為我在那裡不僅有財務上而且還有家庭方面的困擾。真的，若我可以承受失業的問題，我寧可辭職，也不回到英國。我這樣說只為了表達我強烈的意願。我想你應該認為我還算是個稱職的記者，而且這是我第一次請求你幫忙。」然後我把那篇發豔之役的文章看了一遍，準備附寄過去，以香港的發稿日期上報。現在法軍方面已不會再嚴重抗議——反正圍城的狀態已經解除，之前的失敗已經被現在的勝利掩蓋。後來我又撕掉那封給主編的信的最後一頁。寫那些根本沒有用，「私人的理由」只會成為茶餘飯後的談資。人人都相信，每個駐外記者都擁有一個當地的女人。日班的編輯會把它當笑話告訴夜班的編輯，而那些夜班編輯會心懷羨慕，回到位在史翠森的半獨立式別墅中，帶著幻想爬上床，身邊躺著多年前還在格拉斯哥時就忠心跟著他的老妻。我太清楚住在那種房子中的人是不會有好心的——門廊裡放著一輛壞掉的兒童三輪車，不知是誰把他心愛的煙斗弄壞了，客廳裡有一件等著縫扣子的小孩襯衣。「私人的理由」——我可不願意將來到新聞俱樂部喝酒，聽到別人拿鳳當笑話說，來提醒我這段往事。

有人敲門。我開門見到派爾和比他早一步走進來的黑狗。派爾往我背後看了看，發現房裡是空的。「只有我一個人，」我說：「鳳到她姊姊那裡去了。」他的臉馬上因為害羞而紅起來。我發現他穿了一件夏威夷衫，即使顏色與圖案比較不那麼花俏，我還是非常驚訝，什麼時候看過他如此「非美國式」？他說：「希望沒有打擾——」

「當然沒有。喝一杯？」

「好，謝謝，有啤酒嗎？」

「抱歉，我們沒冰箱——冰塊要叫人送，蘇格蘭威士忌怎樣？」

「如果你不介意的話，一小杯就好，我對烈酒沒轍。」

「要冰塊？」

「多加些蘇打水就好——如果你們還夠的話。」

我說：「自發豔一別後，好久沒看到你了。」

「你看到我留的字條嗎？湯瑪斯。」

他叫我教名的口氣好像在宣告他缺乏幽默感，而且他一點都不掩飾，他來這裡的目的是找鳳。我注意到他的平頭剛修過，甚至他的夏威夷衫，不也是刻意要表現男性的風采嗎？

「我看到你的字條了，」我說，「我想我應該把你狠打一頓。」

「當然，」他說，「你絕對有權，湯瑪斯，但我在大學時打過拳——而且我年輕得多。」

「沒錯，我用這招不會有什麼好效果，不是嗎？」

「你知道，湯瑪斯（弗勒：我相信讀者聞此也會發現他真是極缺乏幽默感），我不喜歡在鳳的背後討論她。我以為她會在這裡。」

「這樣的話，我們該討論什麼？塑膠？」我並沒有意思要嚇他。

他說：「你知道那件事？」

「鳳告訴我了。」

「她怎麼會——」

「你該知道全城的人都已經傳遍了。這件事有什麼大不了的？你要搞玩具生意嗎？」

「我們不喜歡公開有關援助的詳細內容。你知道國會的情形——而且還有議員常常來訪，我們的砂眼防治隊因為用了某種藥而沒有用另一種藥，就惹來許多麻煩。」

「我還是不懂這和塑膠有什麼關係。」

他的黑狗坐在地板上，占去了很大一塊空間；牠喘著氣，伸在外面的舌頭看起來像烤紅的薄餅。派爾含糊其辭地說：「噢，你知道，我們希望幫助本地工業自立。但我們必須小心處理和法國人的關係，他們希望什麼東西都向法國買。」

「我不怪他們，戰爭需要錢。」

「你喜歡狗嗎？」

「不喜歡。」

「我還以為英國人都是愛狗人。」

「我們也以為美國人都愛錢，但事事皆有例外。」

「沒有『公爵』的話我不知道日子要怎麼過。你知道，有時候我真覺得寂寞得要命——」

「你那個部門不是很多同事嗎？」

「我的第一隻狗叫作『王子』，我是以那個很有名的『黑王子』為牠取名，你知道，黑王子就是那個——」

「在里莫大肆屠殺婦女和小孩的。」

「我不記得有這樣的事。」

「史書把這件事掩飾掉了。」

我將一次又一次地看到痛苦失望的神情落在他的眼睛和嘴角，每當事實和他所珍愛的浪漫想法不符時，或當他所欽慕的人墜落到他難以想像的標準以下時，他就會如此。有一次我挑出約克・哈定一個明顯不過的大錯誤，結果我反倒得安慰他：「人都會犯錯。」他則不安地笑著說：「你一定以為我是傻瓜，但是——唉，我幾乎相信他是絕不犯錯的。」他又說：「我父親只跟他見過一次面就非常喜歡他，而我父親是個極難討好的人。」

那隻叫作公爵的大黑狗喘氣喘夠了，膽子也壯了，開始在房間裡東張西望。「能不能叫你的狗靜下來？」我說。

「哦，我真抱歉。公爵，公爵，坐下，公爵。」公爵坐下以後開始嘖嘖有聲地舔起牠的私處。我趁著添酒的機會，故意經過牠的身邊，以打斷牠做這淨身的工作。但安靜維持不了多久，牠又開始搔牠的身體。

「公爵聰明得要命。」派爾說。

「你那條王子後來怎麼了？」

「我們去康乃狄克的農莊玩，結果牠被車輾死了。」

「你很難過囉？」

「是啊，我傷心死了，牠對我很重要，但你總得講理，死了不能復生。」
「如果你得不到鳳，你會講理嗎？」
「呃，希望我會，你呢？」
「我懷疑。我甚至可能會發瘋到四處殺人。你有沒有想過這件事？派爾。」
「我希望你叫我愛爾登。」
「還是不要，派爾叫慣了。你有沒有想過這件事？」
「當然沒有，你是我認識的人裡面最正直的。我記得你那時多有修養，當我闖進——」
「我記得當時睡著前我在想，如果這波攻擊把你打死，一切問題就沒有了。而且你是光榮犧牲，為了民主。」
「不要嘲笑我，湯瑪斯。」他不自在地變換他長手長腳的位置。「你看我好像笨頭笨腦，可是我還分得出來你是不是在開玩笑。」
「我不是開玩笑。」
「我知道如果你肯說真話，你一定是希望怎樣讓鳳最好。」
就在那時候我聽到鳳的腳步聲，我曾盼了又盼，希望鳳回來的時候他已經走了。現在他也聽到而且認出是鳳的腳步聲。他說：「她來了。」即使只經過一晚的相處，他就能夠認出她的腳步。而且連他的狗也站了起來，走到我開著透風的那個門口，看來好像牠已經把鳳當作派爾的家人，而我成了入侵者。

鳳說：「我姊姊不在。」她懷著戒心看著派爾。

我不知她說的是實話呢，還是她姊姊要她趕快回來。

「妳記得派爾先生嗎？」我說。

「歡迎。」她以最有禮貌的樣子說。

「非常高興又看到妳。」他說完臉又紅了。

「什麼？」

「她的英文不太靈光。」我說。

「恐怕我的法文也很糟。不過我正在學。如果鳳說慢一點，我可以聽得懂。」

「我可以當翻譯。」我說，「本地腔的法語要花點時間才能聽慣。好，現在你要說什麼？坐下，鳳，派爾先生是特別來看妳的。」「你確定？」我又對派爾說，「不要我迴避讓你們兩個單獨談？」

「我要你聽到我要說的話，否則不公平。」

「好吧，請講。」

他開始莊嚴地傾訴，好像背稿子一般，他對鳳敬仰愛慕不已。自從那晚與她一起跳舞以後，就一直有這樣的感覺。聽他這些話我覺得像一個管家帶著觀光客參觀一所大宅院。這宅院就是他的心，至於他家人在他心中的地位，我們就只有驚鴻一瞥，看不真切。我非常小心地為他翻譯——因此聽起來效果更差——鳳則靜靜地坐著，雙手放在膝蓋之上，好像在聽人說電影情節一樣。

「她聽懂了嗎？」派爾問。

「就我所知，是的。你不希望我幫你加油添醋吧，不是嗎？」

「喔，不用，」他說，「只要照譯就行。我不希望她感情用事。」

「原來如此。」

「告訴她我要娶她。」

我說了。

「她剛說的是什麼意思？」

「她問我你是不是認真的。我告訴她你是個認真的人。」

「我這樣叫你翻譯一定很古怪。」他說。

「是很怪。」

「也可以說再自然不過。畢竟你是我最要好的朋友。」

「你說是就是。」

「我有麻煩除了找你幫忙，絕不會去找任何人。」

「你跟我的女人戀愛，對你倒真是個麻煩吧？」

「當然，我真的希望發生在任何人身上而不是你，湯瑪斯。」

「好了，接下來要我說什麼？沒有她活不下去？」

「不行，那太濫情了。而且也不太真實。當然，如果我得不到她，我會離開這裡，不過我還是會克服的。」

「你還沒想出說什麼之前，是否介意我先幫自己說幾句話？」

「不介意，當然不介意。這很公平，湯瑪斯。」

「唉，鳳，」我說，「妳要不要離開我去跟他？他要娶妳，我不行，妳知道原因。」

「你是不是快要離開這裡了？」她問我，我想到口袋裡編輯給我信。

「沒有。」

「永遠不會？」

「那怎麼能保證呢？他也沒辦法保證。婚姻也會破裂，很多婚姻還沒我們這樣維持的久。」

「我不想離開你。」她說，但那語氣聽了並不令人覺得安慰，因為其中隱含著沒有說下去的

「但是」。

派爾說：「我想我該把我全部的牌亮出來。我並不有錢，但我父親過世之後我可以得到差不多五萬美金。我的健康情況良好——我有一張才兩個月的體檢證明，我可以告訴她我的血型。」

「那些字眼我不知道怎麼翻譯，要知道血型幹什麼？」

「為了確定我們可以生孩子。」

「你們在美國做愛還講究這些？收入多少和血型？」

「我不知道，其實我沒有經驗。也許我媽可以跟她媽談談。」

「談什麼？你們的血型嗎？」

「不要譏笑我，湯瑪斯。我想我是有點老古板，你知道，我現在有點不知道怎麼做才好。」

「我也是。你想我們是不是可以不要再自我介紹了，乾脆就擲骰子，看誰運氣好就得到她？」

「你現在是充硬漢，湯瑪斯，但我知道你也用你的方式去愛她，和我愛她一樣深。」

「那麼，派爾，你繼續吧。」

「告訴她我不指望她立刻愛上我，愛情總會來的，只要告訴她我所提供的是保障與尊重。這聽起來不很刺激，但也許比激情有價值。」

「她要激情隨時都有，」我說，「當你去上班，可以找你的司機。」

派爾的臉漲紅了，他笨拙地站起來說：「那是下流瘋話，我不容許她被人侮辱。你無權——」

「她現在還不是你太太。」

「你能提供什麼給她？」他生氣地問，「在你回英國之前給她幾百美金，還是把她像傢俱一樣移交給別人？」

「傢俱不是我的。」

「她也不是。鳳，願意嫁給我嗎？」

「那驗血的事怎麼辦？」我說，「還有健康證明。你也需要她的啊，不是嗎？或者連我的也該給你。還有她的星座——噢，那不用了，那是印第安人的風俗。」

「妳願意嫁給我嗎？」

「自己用法文說。我再為你翻譯下去我會死掉。」

我站起來，那隻狗對我狂吠，使我非常生氣。「叫你那隻該死的公爵安靜，這是我家，不是牠家。」

「妳願意嫁給我嗎？」他又說了一遍，我向鳳才跨出一步，那隻狗又發出恐嚇的聲音。

我對鳳說：「叫他走，把他的狗一起帶走。」

「現在跟我走，鳳，」派爾說，「和我一起。」

「不。」鳳說。這個「不」字突然使我們兩人的怒氣都消失了。問題就是那麼簡單；一個字，兩個字母就解決了。我感到無限寬慰；派爾呆立在那裡，嘴巴微張，一臉迷惑不解的表情。他說：「她說『不』。」

「她只會說那麼一點英文。」現在我想大笑。我們何必那樣互相愚弄。我說：「坐，派爾，再來一杯威士忌。」

「我想我該走了。」

「喝一杯再上路。」

「可別把你的威士忌喝光了。」他喃喃地說。

「不管要多少我都可以從公使館搞到。」我向餐桌走去，那隻狗向我露齒示威。

派爾生氣地吼：「趴下，公爵，不要亂來。」他擦掉額頭上的汗說：「真是抱歉，湯瑪斯，如果我說了什麼不該說的話。我也不知道我是怎麼一時鬼迷心竅。」他端起杯子，悵然若失地說：「君子之爭，強者得勝。只是請你不要離開她，湯瑪斯。」

「我當然不會離開她。」我說。

鳳對我說：「他要不要抽一管鴉片？」

「你要不要來一管？」

「不要，謝謝，我不碰鴉片。我們單位規定很嚴。我把這杯喝完就走。我為公爵道歉。牠通常都很安靜的。」

「留下來吃飯。」

「我想，如果你不介意，我希望一個人靜一靜。」他遲疑地露齒笑了笑。「我想人家會說我們兩個的行為都很怪異。我希望你能娶她，湯瑪斯。」

「你真的希望？」

「真的，自從我看見那個地方——你知道的，夏萊德附近的妓院——我就好害怕。」

他大口喝完他不習慣的威士忌，沒有看鳳一眼，最後說再見時，也沒有去握一下她的手，只是向她笨拙地微微欠身。我看到鳳的視線一直跟著派爾到門口，而我經過鏡子時，看到自己褲子最上方的扣子沒扣，我開始有了中年人的啤酒肚。派爾在外頭說：「我保證不再見她，湯瑪斯，你不會讓這件事傷了我們倆的和氣，是吧？我的任期滿了之後我將請調。」

「那是什麼時候？」

「大約兩年。」

我回到房間，心裡在想：「我這樣做有什麼好處？我可以乾脆告訴他們兩人我要走了。」他只需把滴血的心當作徽章佩戴幾個星期……而我的謊言卻正好可以用來安慰他的良心。

「要不要我給你裝煙？」鳳問。

「要，不過先等一下，我得寫封信。」

這是今天寫的第二封信，但這次我沒有撕掉半張，雖然得到反應的希望一樣渺茫。我寫道：

親愛的海倫，明年四月我將回英擔任國外部編輯。妳能想像我對這事並不怎麼高興。對我來說，英國是提醒我失敗的傷心地。我曾試圖使我們的婚姻維持下去，正如我曾皈依妳的基督信仰。直到今天我仍不知道什麼地方出了錯（我知道我們倆都努力過），但我想問題出在我的脾氣。我知道我的脾氣有多糟，我想我現在稍微改善了些——東方世界確實帶給我不少影響——不是說脾氣變好，只是比較不發作出來罷了。也許是因為我又年長了五歲——當我生命告終回首一生，這會是我很重要的五年。妳一直對我很慷慨，從我們分居之後妳從未指責過我。現在是否能求妳再慷慨些？我知道我們婚前妳就警告過我絕對不能離婚。我接受了這個風險，所以我也沒什麼好抱怨的。但現在，我還是要請求妳能同意離婚。

鳳在床上叫我，說煙盤已準備好了。

「再等一下。」我說。

「我可以隱瞞這件事，」我繼續寫道，「隨便編個冠冕堂皇的理由。但我不願那樣做。我們向來都是坦承以對。問題完全是因為我，我愛上了一個人，非常愛。我和她已同居兩年多，她對我很忠心，但我知道我並不是她生活的重心所在。我若離開她，她會有一點不快樂，我想，但是絕不會造成任何悲劇，她會嫁給別人並生兒育女。我這樣告訴妳顯得我很笨，等於讓妳有了指責我的把柄。但是因為我到目前都算誠實，也許妳會相信我的話，我若失去她，我的生命就會走向死亡。現在我不是要求妳講理（理都在妳那邊），也不是要求妳憐憫。因為憐憫兩字太有分量，我實在沒有資格擔當。我只求妳動一次（我對下面的字遲疑了一下，但還是沒有用對）——『情』，不要再多考慮什麼。我知道透過電訊要比橫越八千哩路容易，所以但願妳給我一封電報，寫著『我同意』。」

我寫完這封信就像是跑完馬拉松，平常不運動的肌肉好像都扭傷了。我在床上躺下，鳳在為我裝煙。我說：「他年輕。」

「誰？」

「派爾。」

「那不是那麼重要。」

「如果可以，我會娶妳，鳳。」

「我也這樣想，但我姊姊不相信。」

「我剛才寫信給我妻子，要求她答應跟我離婚。我之前從沒試過，總是要試看看。」

「希望大嗎？」

「不大，而且很小。」

「不要煩惱，抽煙吧。」

我接過煙抽起來，她開始準備第二管。我又問她：「妳姊姊真的不在家嗎？鳳。」

「我跟你說了——她出去了。」這樣逼她說實話的執念真是荒謬，這是西方人的執念，求真相像有酒癮一樣。因為剛才跟派爾喝的威士忌，減弱了鴉片的效力。我說：「我騙了妳，鳳，我將要被調回去。」

她放下煙筒，說，「但是你不回去？」

「假如我拒絕，我就沒有工作了，那我們靠什麼活？」

「我可以跟你去，我挺想看看倫敦。」

「如果我們沒有結婚，妳在那裡會過得很不愉快。」

「但也許你妻子會願意跟你離婚。」

「也許。」

「不管怎麼樣我都跟你去。」她說。她很認真，但我從她的眼神看出來，她開始動腦筋了。當她再拿起煙筒，開始烘熱鴉片煙丸時，她說：「倫敦有摩天大樓嗎？」結果她天真的問題，讓我更覺得好愛她。她可能會為禮貌，恐懼，甚至利益而說謊，但她絕對沒有把謊言說得天衣無縫的本領。

「沒有，」我說，「那妳得去美國看。」

她把原來望著鴉片煙針的臉抬起來，瞟了我一眼，然後記下她的錯誤。然後她繼續捻煙膏，並且有一句沒一句地說，去倫敦她要穿什麼衣服，我們要住什麼地方；她在小說裡看過地下鐵，還有雙層巴士；我們坐飛機去還是坐船？「還有自由女神像……」她說。

「不對，鳳，那也在美國。」

第二章

1

高臺教徒每年至少會在西寧的聖觀——位於西貢西北八十公里處——舉行一次慶典活動。可能是慶祝解放週年、勝利週年，或慶祝佛教、孔教，甚至基督教的任何一個節日。高臺教是我最樂意向外來訪客介紹的一章，它是交趾的一個官員融合了三種宗教所創建，高臺教的總堂——聖觀——就位於西寧。那裡有一個教皇和一些女樞機；有由碟仙警示而成的預言書；有聖維克多．雨果、基督和佛陀的塑像，都由聖觀——風格有如東方版的華特迪士尼幻想曲，斑斕駁雜、兼容並蓄——的屋頂高處向下觀望，還有七彩的巨蟒和蛟龍圍繞一旁。剛來的菜鳥都為這樣的敘述目眩神迷，但是，他們擁有數量達兩萬五千的私人軍隊，配有由報廢車輛拆下的排氣管製成的土製迫擊砲，與法國人結盟，卻在情況不妙時轉為中立……這灰暗的另一面又當作何解釋？這些慶典活動有安撫農民的功效，每次教皇都會邀請政府官員（如果當時高臺黨人站在政府這一邊，官員就會出席）、外交團（他們會派一些二等祕書帶著妻小參加），以及法軍總司令，而他就指派一個坐辦公桌的二星將官代表他出席。

通往西寧的路上，人車匯成一條奔流的長河。在某些無甚隱蔽的路段，外籍兵團只好脫去偽裝，穿入稻田。這種時候，最擔心的總是法軍最高指揮官，而高臺黨人則是心懷鬼胎，希望有幾個重要客人在他們的地界之外遭到槍殺，那豈不是不費吹灰之力就強調他們對政府的忠心耿耿。

每一公里就有一個泥巴築成的小瞭望塔，像個驚嘆號似的矗立在平原上；每十公里有一個較大的堡壘，由一個外籍兵團的排駐守，不是摩洛哥人就是塞內加爾人。路上的交通狀況就像是要駛進紐約，車滿為患。而你也必須像在紐約開車一般，耐著性子塞在車陣中，望望前車的車尾，再從鏡子看看後車的車頭。每個人都要去西寧看這場秀，然後儘快回家，因為七點鐘宵禁。

車陣通過法軍掌握的稻田，進入和好的稻田，然後進入高臺的稻田，一路上只有瞭望塔的旗幟不斷變化。沒穿衣服的小男孩騎在水牛背上，水牛在深及胯下的田裡走動。金黃的稻子已收割，農夫們戴著斗笠，靠著弧形小竹箕簸穀，路上急速通過的車子是屬於另一個世界。

吸引菜鳥目光的是各村落的高臺教道觀，泥灰牆上塗滿了粉紅和天青色，門上還裝飾著一隻上帝的巨眼。旗幟逐增，許多民兵在趕路；我們正在接近聖觀。遠方有座形似禮帽的綠色聖山盤據在西寧上，那正是戴將軍的根據地。他本是高臺的參謀長，但因意見不合，拆夥自立為王，最近他宣稱同時與法軍及越盟作戰。高臺黨人無意抓他，雖然他曾綁架一位高臺教樞機，不過謠傳他這樣做是和教皇串謀好的。

西寧似乎總是比南方三角洲的任何地方還來的熱，也許因為缺水，也許是慶典的沒完沒了使人悶得冒汗，也許在是冗長演講中雖然根本聽不懂，但始終保持立正姿勢的軍隊叫人看了冒汗，教皇所穿的厚重中國式長袍更令人冒汗。只有穿著白絲褲，正跟頭戴遮陽帽的教士閒聊的女樞機，在烈日下給人一點清涼。這時候你真不敢相信自己還能撐到七點鐘結束，享受華麗飯店頂樓的雞尾酒時間，及西貢河吹來的陣陣涼風。

遊行結束後我去訪問教皇的代表。我預料不可能從他口中挖到什麼，結果我是對的，這是兩邊皆知的慣例，我問他對戴將軍的看法。

「一個魯莽的人。」他說，同時結束這個話題。然後開始他那套固定說詞，他忘記兩年前我就聽過了。這讓我想到我自己，一張專門放給菜鳥的唱片：高臺教是一個綜合的宗教……優於所有宗教……傳教士遠至洛杉磯……偉大金字塔的祕密。他穿著一件白色中襟的教士袍，菸不離手。他給人一種狡詐腐化的感覺；「愛」不離口。我確信他知道我們所有人都在嘲笑他的宗教活動。而我們虛假的尊敬和他們唬人的教義一般腐化，但我們比較不狡詐。我們的偽裝不能使我們得到什麼，甚至得不到一個可靠的盟友；而他們的偽裝幫他們賺得武器、補給，甚至現金。

「謝謝你，閣下。」我起身離去，他送我到門口，煙灰灑了一地。

「神祝福你的工作，」他假殷勤說道，「記住，神愛真理。」

「哪一個真理？」我問。

「高臺教的信仰中所有真理都是相通的，而這個真理就是愛。」

他手上戴著一個大戒指，當他遞出手來的時候，我想他一定是等我吻它，但我可不是外交官。

在陰沉的午陽下，我看見派爾；他正試著發動他那輛熄火的別克，但一切都是徒勞無功。過去兩星期裡，我總是不斷碰到他，不管在大陸飯店的酒吧裡，或位於卡提拿街那家當地唯一像樣的書店中。他初來時所表達的結納心意，現在比以前更加強烈。他哀傷的眼睛總是帶著熱誠默默追隨著鳳的背影，而他的嘴唇卻更加熱烈地表達對我的強烈感情和景仰——老天爺，幫幫忙。

有一個高臺教的指揮官站在車子旁邊，用很快的速度在說話，他一見到我就停了。我認識他，在戴將軍自立門戶之前，他曾經是戴的副手之一。

「你好，指揮官，」我說，「將軍好嗎？」

「哪一個將軍？」他問，害羞地笑了笑。

「當然依照高臺教的信仰，所有的將軍都是相通的。」我說。

「我發動不了這輛車，湯瑪斯。」派爾說。

「我去找個技工來。」指揮官說完就走了。

「我打斷你們了。」

「哦，沒什麼。」派爾說，「他只是想知道一臺別克要多少錢。只要好好待他們，他們是很友善的，法國人好像不懂如何和他們往來。」

「法國人不信任他們。」

派爾嚴肅地說：「你信任一個人的時候，他就會變得值得信任。」這話聽來真像高臺教的箴言。我開始覺得西寧的空氣中滿溢著道德，令我呼吸困難。

「來一杯。」派爾說。

「再好不過了。」

「我用保溫瓶帶了萊姆汁。」他走到後車廂，彎身在一個籃子裡焦急地尋找。

「有沒有琴酒。」

「沒有，抱歉極了。」接著他又推薦說：「你知道，這種氣候喝萊姆汁最好。它含有許多——我不太記得的維他命。」他遞給我一杯，我喝了。

「不管怎麼說，可以解渴。」我說。

「來個三明治？這三明治真的棒極了。裡面夾的是一種新醬料，叫做『維他健』，我母親從國內寄來的。」

「不要，謝謝，我不餓。」

「吃起來很像俄國沙拉——只是比較乾一點。」

「我想還是不了。」

「那你不介意我自己吃吧？」

「不介意，不介意，當然不介意。」

他咬了一大口，喀滋喀滋地吃起來。遠處鬆成白色和粉紅相間的石頭佛像已從祂的祖廟乘轎離去，祂的侍從——也是一尊石像——跟在後面跑。女樞機們正閒步走回教堂，大教堂門上的上帝之眼則望著我們。

「你知道他們這裡供應午餐嗎？」我說。

「我不打算冒險，這種天氣吃肉要小心點。」

「你大可放心，他們吃素。」

「這話是不錯，但我喜歡知道我吃進去的是什麼東西。」他說著又咬了一大口他的「維他健」。

「你想他們會有可靠的技工嗎？」

「他們對於修改排氣管成迫擊砲是綽綽有餘，我相信別克車一定可以改成最好的迫擊砲。」

指揮官回來了，他帥氣地向我們敬個禮，然後說已叫軍營派人來修。派爾要給他一個「維他健」三明治，他禮貌地拒絕了，並以教導外人的語氣說：「我們這裡吃的規矩太多，」（他的英文說得非常好）「其實蠻蠢的。不過你也知道，在一個宗教首都這是免不了的，我想就是在羅馬，或是坎特伯里，情況也是一樣。」然後他又乾淨俐落地向我微微鞠躬。然後就沉默了，他們兩個都沉默了，我明顯感覺到他們並不希望我在場。但我無法抗拒作弄派爾的念頭——畢竟這是弱者的武器，而我是弱者，我已失去青春，正直，認真的態度，和未來的希望。我說：「也許我還是吃個三明治好了。」

「噢，當然。」派爾說，「當然。」他愣了一下，才轉身走向後車廂。

「不用了，不用了，」我說，「我只是開個玩笑，看來你們倆想要獨處。」

「沒有這回事。」派爾說，他是我看過最蹩腳的說謊者之一，這門藝術他顯然從來沒學過。他向指揮官解釋說：「湯瑪斯是我在此最好的朋友。」

「我認識弗勒先生。」指揮官說。

「我走之前會來找你，派爾。」說完我就離開他們往教堂走去，那兒應該會涼快些。

聖維克多．雨果穿著法蘭西學院的禮服，他的三角帽上頂著一個光環，用來顯示某種高貴的情操。孫逸仙則刻在一塊石板上，然後我進到教堂中殿，那裡除了教皇的寶座外，沒有地方可坐，寶座周圍盤繞著一條泥塑的眼鏡蛇。大理石的地板光亮如鏡，但所有的窗戶都沒有裝玻璃。建造牢籠總得留下透氣孔，建造宗教的牢籠我想大概也是如此，這樣才可以將懷疑交給天氣來決定，將教義開放給各派別來詮釋。我妻子已找到她有氣孔的牢籠，有時候我很羨慕她。陽光與空氣是有所衝突的，我生活中的陽光太多。

我在漫長又空無一人的中殿裡散步——這裡不是我喜愛的印度支那。神壇上爬著獅頭龍，屋頂上的基督敞露出流血的聖心；佛像坐著，一如祂向來不變的姿勢，盤腿而坐；孔夫子的鬍子稀落地垂掛著，像是乾季裡的瀑布。這完全是演戲：神壇上的大地球儀是野心，教皇用來求取預言的那個有蓋籃子是騙人的把戲。如果這個教堂已然存在五個世紀，而不是二十年，它是否會因歲月留下的痕跡而更容易使人相信呢？是否會有像我妻子那樣容易取信的人，在此找著她無法在人類中找到的信仰？如果我真的想要信仰，我能在她的諾曼教會裡找到嗎？然而我從未渴望過信仰，記者的工作只是揭露與記錄事實。這裡的教皇用一支鉛筆放在可移動的蓋子上，就得到萬民信服的預言。也許在某些意象中你可能在某處看過這種東西。但在我記者生涯的記憶中，沒有意象亦沒有奇蹟。

記憶在腦海裡翻騰，就像隨手翻閱相簿裡的照片：由於奧平頓那邊敵人火光的照耀，我看到一隻狐狸從牠黃褐色的藏身之處走出來，鬼鬼祟祟沿著養雞場走；一個被刺刀戳死的馬來人，被尼泊爾廓爾喀族的巡邏隊用卡車載回帕漢的爆破營，一個中國苦力站在旁邊緊張地傻笑，一個馬來同胞將一個墊子墊在死者頭下；在一間旅館的臥室裡，壁爐架上有一隻展翅欲飛的鴿子；我最後一次回家道別時，窗口中我妻子的臉。我的思緒始自於她，也以她作終。她收到我的信一定已不只一星期，我預期中不會來的電報果然沒來。但據說如果陪審團離席考慮的時間越久，嫌犯的希望就相對增加。那是不是說，如果再一星期沒有信來，我就可以開始有些希望？周圍聽到的都是軍人與外交人員的汽車聲：盛會已結束，來年再見。大家如逃難似的往西貢跑，宵禁的時間到了，我出去找派爾。

他正跟指揮官站在一塊陰影裡，沒有任何一個人在修車。無論他們談的是什麼，談話看來已經結束，現在他們只靜靜地站著，因彼此的禮貌而顯得十分拘束，我來到他們之間。

我說：「我想我該走了，如果你不想被宵禁擋在外面的話，你最好也一起走。」

「技工還沒來。」

「他馬上就來，」指揮官說，「剛剛他去參加遊行了。」

「你也可以在這裡過夜，」我說，「晚上有一個特別彌撒——你會發現那是相當值得的經驗，全長共三小時。」

「我該回去了。」

「除非現在就走，否則你到不了家。」我不太情願地加了一句，「如果需要的話，我可以讓你搭個便車，明天指揮官可以把你的車送回西貢。」

「在高臺教的地界內你不必為宵禁操心，」指揮官一副瀟灑的樣子說，「但地界外……明天我把你的車送回去沒問題。」

「保證排氣管還在。」我說完，他就笑了，是一個開朗、俐落、有力而簡短的軍人之笑。

2

我們出發時車陣已遠在我們前面，我加快速度想要趕上他們，可是直到我們離開高臺區進入和好區，前面卻連一點塵土飛揚的影子都沒有，只看見黃昏裡一片空曠平坦。

這樣的地方你以為不可能有埋伏，但事實上就在離道路幾碼遠的濕地中，足夠藏匿許多大漢脖子以下的身體。

派爾清了清喉嚨，表示他要開始說心裡話。「希望鳳都好。」他說。

「我沒聽說她有什麼不好。」一個瞭望塔在後面的地平線沉下去，另一個就從前面升上來，如同天秤兩臂上的砝碼。

「昨天我看見她姊姊來買東西。」

「我猜她又叫你去她那邊坐坐。」我說。

「事實上她是說了。」

「她不會輕易放棄希望。」

「什麼希望？」

「希望你娶鳳。」

「她告訴我你要走了。」

「這類謠言總是到處傳。」

派爾說：「你會和我正大光明競爭，湯瑪斯，是不是？」

「正大光明？」

「我已經申請調職，」他說，「我不希望她最後只有孤伶伶一個人，我們都不在她身邊。」

「我看你是打算要叫暫停了。」

他毫不自憐說道：「我發覺我已經受不了了。」

「你什麼時候要走？」

「我不知道，他們說大概六個月才能安排好。」

「你可以忍受得了六個月？」

「受不了也得受。」

「你用什麼理由申請？」

「我多少把實情告訴了他一些，就是那個經濟專員，叫做喬的，你見過他。」

「我想他一定認為我是個混蛋，不肯把我的女人讓給你。」

「沒有，沒有，他站在你這邊。」

車子有些顛簸，我想在我注意到之前已顛簸了好一陣子。因為我一直在咀嚼派爾那個純真的問題：你是否正大光明和我競爭？這種問題屬於心理上十分單純的世界，在那個新世界中，他們用不同的觀點談論民主和榮譽，舊世界的觀點只留存在墓碑上。在那裡，你才會使用和你父親相同的語言，表達同樣的意思。我說：「快用完了。」

「汽油？」

「應該還有很多才對，出發前我加得滿滿的。那些西寧的混蛋，他們偷油。我早該注意到。他們故意留下一些，好讓我足夠離開他們的地界。」

「現在我們怎麼辦？」

「我們應該可以開到下一個瞭望塔。希望他們還有一點油。」

但我們運氣不好，車子開到距瞭望塔三十碼就停了。我們走到塔底，我用法文向上面的衛兵叫喊，說我們是朋友，我們要上去。我可不希望吃越南哨兵的子彈。可是上頭沒有反應，沒有人探頭出來看。我對派爾說：「你有槍嗎？」

「我從來不備槍。」

「我也是。」

最後一抹落日的餘暉，金黃透綠，此刻正向平坦的地平線墜落；映襯著淡灰色的天空，瞭望塔像油墨般漆黑。宵禁的時刻一定快到了。我再次叫喊，還是沒人回答。

「你知不知道從上一個堡壘開始，我們經過多少個瞭望塔？」

「沒有注意。」

「我也沒有。」到下一個堡壘大概至少還有六公里，走路得花上一小時。我作第三次叫喊，回答我的還是沉默。

我說：「大概沒人，我最好還是爬上去看一看。」有一面紅色條紋褪成橘色的黃旗，這表示我們已離開和好的地界，到了越南軍的領土。

派爾說：「如果我們在這裡等，你想會不會有車子過來？」

「是有可能，不過也可能先碰上要你命的。」

「要不要我去把車燈打開，當作訊號。」

「天老爺，千萬不要，什麼都不要碰。」現在天已黑得讓人走路會絆跤，我在找梯子爬上去。腳底有東西喀啦一聲，我想像這個聲音越過稻田遠遠傳出去，不知被怎樣的人聽見？派爾的輪廓已看不清，只剩一團黑影在路邊，黑暗一旦落下，就像塊巨石般勢不可擋。

我說：「待在那裡直到我叫你。」我在想不知道衛兵會不會把梯子抽上去，還好沒有，梯子杵在那——雖然敵人也可以藉此爬上去，但卻也是上面衛兵唯一的出路，我開始向上爬。

書上常說人在恐懼的時候會想到上帝、家庭，或女人。我佩服他們的自制力。我什麼都沒想到，連我頭頂的活動門都沒想到。在那幾秒鐘，我害怕得感覺不到自己的存在，全然被恐懼攫住。在梯子的頂端，我撞到了頭，因為太害怕，我連數梯級都忘了，聽不見，也看不見。然後我的腦袋透出瞭望塔的地面，沒有人對我開槍，恐懼才消失。

3

地上點著兩盞小油燈，兩個人蜷臥在牆邊望著我。一人端著輕機槍，另一人則是來福槍，但他們就像我方才一樣害怕。看起來活像兩個小學生，不過越南人的年齡變化像日出日落一樣快——明明還是孩子，轉眼又成了老人。我很高興我的膚色和我的眼睛是現成的護照，他們即使是嚇昏也不會對我開槍。

我穿過活板門爬起來，作一番說明使他們安心。我說我的車在外面，汽油用完了，也許我可以向他們買點油。然而我環顧四周，看來不像有油的樣子。小小的圓形空間中什麼都沒有，除了一箱機槍子彈，一張小木床，以及掛在釘子上的兩包東西。兩個還有點剩飯的鍋子，幾雙木筷子，看得出他們沒多少食慾。

「汽油只要夠我們開到下一個堡壘就行。」我說。

端著來福槍靠牆坐的那個人搖搖頭。

「如果沒有，我們只得在這過夜。」

「這是禁止的。」他用法文說。

「誰禁止？」

「你是老百姓，不是軍人。」

「沒有人可以要我坐在外面路上，等著被人割喉嚨。」

「你是法國人嗎？」

從開始到現在只有一個人說話，另一個坐在那裡把頭撇向一邊，從牆縫向外看。除了一小塊天空，他不可能看到什麼。他似乎一直在凝神傾聽，我也提耳細聽。頓時寂靜中果然滿是聲音，但又無以名之——劈啪聲、嘎吱聲、窸窣聲，像咳嗽，也像耳語。然後我聽到派爾的聲音，似乎他人已來到梯子下。「你沒事吧？湯瑪斯？」

「上來吧。」我應道。他開始爬上梯子，那個悶不吭聲的士兵突然調轉槍口——我相信他根本沒聽見我方才跟另一個士兵的對話。他的動作十分突兀，好像抽筋，我發覺恐懼已經癱瘓他的神智。我學士官長的口氣，對他厲聲下令：「槍放下！」還刻意用那種帶點下流口吻的法文，這樣他大概才能聽懂。他果然反射地把槍放下。派爾來到上面，我說：「他們已經同意我們在這塔裡待到天明。」

「那好。」派爾說，但他的聲音裡帶了點疑惑。他又說：「那兩個蠢蛋不是應該有一個在外面當哨兵嗎？」

「他們怕吃子彈。我真希望你有帶比萊姆汁烈的東西。」

「下一次我會記得。」派爾說。

「我們還要撐一整晚。」派爾上來以後，我就再也聽不到什麼聲音。連那兩個士兵，也稍微放鬆了些。

「萬一越盟兵攻擊，他們怎麼對付？」派爾問。

「他們就亂開一槍然後趕快逃跑。每天早上你都可以在《遠東日報》上讀到這樣的消息：『西貢西南方某一據點昨晚一度被越盟占領。』」

「這真是恐怖的瞭望。」

「從我們這到西貢之間，像這樣的瞭望塔有四十個，大家都僅能希望倒楣的會是別人。」

「我們早該把那些三明治解決掉。」派爾說，「我還是認為他們應該有個人去守瞭望。」

「他們怕說不定會有顆子彈來訪。」如今由於我們倆也在地板上安坐下來，兩個越南兵又放鬆了一些。我有點同情他們，對沒有經過嚴格訓練的兩個人來說，一夜又一夜守在這裡，真不是件容易的差事，你根本猜不到什麼時候越盟兵會穿過稻田爬到路上來。我對派爾說：「你認為他們知道他們是為民主而戰嗎？我們應該叫約克．哈定來向他們解說解說。」

「你總是嘲笑約克。」派爾說。

「我嘲笑任何人花大把時間在描寫實際上不存在——只是純心智概念——的事物。」

「對他來說，這些概念是存在的。難道你沒有任何純心智的觀念？比方說，神。」

「我沒有理由去相信神。你呢？」

「我相信，我是一神會[1]的。」

「人所相信的神只怕沒有幾億個？呵，就連天主教徒在害怕、快樂或飢餓時所信的神恐怕都不太一樣。」

「也許吧，如果只有一個神，祂應該是千變萬化，無限大的存有，所以每個人所見的部分都不一樣。」

「就像曼谷的無量佛，」我說，「你沒辦法一眼將祂完整看盡。因為祂老是坐著不動。」

「我想你不過是又在充硬漢罷了。」派爾亂，「你必定也有所信仰。沒有人能毫無信仰地活著。」

「我可不是唯心主義的信徒[2]。我相信我的背正靠著這堵牆，我相信那邊有一挺輕機槍。」

「我不是那個意思。」

「我相信我所報導的東西，真實性比你們大部分記者的虛構故事好得多。」

「抽菸？」

「我不抽菸——除了鴉片煙。給他們兩支吧，我們最好跟他們保持友好關係。」派爾起身替他們點菸，然後回到原處。我說：「但願香菸替我們傳達了善意。」

「你信任他們嗎？」

「沒有一個法國軍官，」我說，「願意在這種塔裡與兩個嚇壞的衛兵待在一起。唉，我還聽說過有一個排，拱手把所有軍官交給敵人。有時候越盟軍用擴音器還比用火箭砲容易成功。我不怪他們，他們也是什麼都不相信。你和你那些看法一致的人想打仗，卻要求這些沒有意願的人幫忙。」

「他們唾棄共產主義。」

「他們要的是白米飯，」我說，「他們不要成天挨槍子，他們要的是平平穩穩過日子。他們不要我們這些白皮膚的人圍著他們，告訴他們，他們需要什麼。」

「如果印度支那淪陷——」

「我知道你們擔心些什麼：暹邏也會淪陷，馬來亞也會淪陷，印尼更會淪陷，但淪陷又怎麼樣？如果我相信你的上帝和死後的世界，我就以天國的豎琴與你的金冠打賭，五百年後紐約或倫敦可能不存在，但這些人依然在這種他們的稻米，依然戴著斗笠挑著扁擔把作物送去市場，小男孩還是坐在水牛背上。我喜歡這種水牛，牠們卻不喜歡我們的氣味，那種歐洲人的氣味。而且要記得——以水牛的觀點，你也算歐洲人。」

「他們被迫信仰指定的信條，他們不准為自己打算。」

「思想是一種奢侈品。你以為農夫晚上回到他泥巴糊成的小屋，會坐著思考上帝或民主嗎？」

「你的意思好像是說整個國家只有農夫而已，那些受教育的人呢？他們這樣會快樂嗎？」

「喔，他們不會快樂，」我說，「我們已經用『我們的』觀念把他們培養長大，我們教會他們玩危險的遊戲，那就是為什麼現在我們被困在這裡，擔心喉嚨會不會被割斷。其實被割才是活該。我希望你的朋友約克也在這裡，不知道他會怎樣享用這般景況。」

「約克．哈定是個很勇敢的人，真的，在韓國——」

「他不是個被徵召的軍人，對嗎？他有一張回程票。有了回程票，勇敢不過是一種頭腦體操，就像苦行僧自行鞭笞。這類人可以問：我還能撐多久？至於那些可憐的傢伙，他們可沒辦法搭機回家。嗨，」我對那兩人招呼，「你們叫什麼名字？」我想一旦知道他們的名字，總可以使他們加入我們的對話，他們沒回答，只是矮著身子在半截菸後看著我們。「他們以為我們是法國人。」我說。

「正是如此。」派爾說，「你不該反對約克，你應該反對法國人，反對殖民主義。」

「什麼主義不主義，學說不學說的，給我事實。橡膠園的主人鞭打他的工人——是的，我反對。但他這麼做並不是受到殖民地總督的支使。這種人我想他在法國一樣會打他的妻子。我曾看過一個傳教士，窮得只有一條褲子，在霍亂流行期間，每天工作十五小時，挨家挨戶探訪，吃的只有疏食和鹹魚，用個破杯子和舊木盤作彌撒。我不相信上帝，但我一樣欽佩這位教士。你為什麼不說，那也是殖民主義？」

「那的確是殖民主義。約克說，常常因為行政官員表現良好，使得改變惡劣行政制度的事反而困難重重。」

「隨你說，法國人每天在送死——那可不是純心智概念。他們沒有像你們或我們那些政客，用半欺騙的方式在領導這些人民。我曾到過印度，派爾，我知道自由主義者造成的傷害。我們現在不再只有唯一的自由黨而已——自由主義已經傳染所有的政黨。我們不是保守主義自由派，就是社會主義自由派，我們可都是良心未泯。我寧願做一個剝削者，為他的利益而戰，也為利益而死。看看緬甸的前車之鑑，我們攻擊這個國家，獲得當地部落的支持，我們也勝利了；但像你們美國人一樣，那時候我們不來殖民主義那套，完全不是，我們與國王談和，把他的領地還他，將我們的盟友留在那裡受迫害，被分割。他們是無辜的，他們以為我們會留下，可惜我們是自由主義，我們不願意玷污良知，髒了手。」

「那是很久以前的事了。」

「我們也可能重蹈覆轍：鼓勵他們，把一些裝備和玩具工業留給他們。」

「什麼玩具工業？」

「就是你的塑膠。」

「哦，對，我懂了。」

「我不知道我何苦在這裡談論起政治，我對政治沒興趣，我只是報導者。這不干我的事。」

「是嗎？」

「我跟你爭這個辯那個，只是為了打發這鬼夜晚，如此而已。我不偏袒任一邊，無論誰輸誰贏，我還是繼續報導。」

「若是對方贏，你就沒辦法據實報導。」

「總是會有變通之道，而且我看我們的報紙也不太重視事實真相。」

我想我們坐在那裡閒談，幫那兩個小兵壯了壯膽。也許他們認為我們白色的聲音——聲音也有顏色之分：黃色聲音像歌唱，黑色聲音像漱口，而我們的聲音就只像是說話——能聽起來人多勢眾，嚇走越盟兵。他們端起鍋子吃起來，一面用筷子扒飯，一面從鍋緣露出眼睛看著派爾和我。

「所以你認為我們輸了。」

「那不是重點，」我說，「雖然我並不特別盼望你們贏。我只希望那兩個可憐蟲能夠快樂——如此而已，我希望他們不必在夜裡坐在黑暗中，怕得半死。」

「你必須為自由而戰。」

「我可沒看到有任何美國人在這戰鬥。至於說到自由嘛，連我也不懂自由的意義是什麼。問問他們好了。」我用法文向地板那頭的兩人問道：「自由——自由是什麼意思？」他們吸進碗邊的飯，望過來，不發一語。

派爾說：「你希望每個人都打一個模子出來嗎？你是在為辯論而辯論，你是知識分子，你就像我，或是約克一樣，代表獨立個體的重要。」

「那為何我們到現在才發現要講自由？」我說，「四十年前可沒人講這套。」

「那時候自由沒有受到威脅。」

「你是說那時候我們的自由沒有受到威脅吧，喔，當然沒有，但那時候誰理會田裡的個人價值——即使是現在又有誰關心？唯一把他們當個人來看待的是政治委員，他會到他們的茅屋裡坐坐，問問他們的名字，聽聽他們的不平，每天花上個把小時教導他們——教什麼不重要，重要的是他們被當人看，當作有價值的人看。別想在東方鸚鵡學舌般大聲疾呼什麼威脅個人價值。在這裡你會發現你站錯邊了——他們才是代表個人價值，我們只代表兵籍號碼二三九八七——二兵，屬全球戰略單位。」

「你所說的沒有一半是你的真意。」派爾不安地說。

「大概有四分之三。我在這裡已經好一段時間了。你知道，幸好我沒有涉足其中，否則我可能禁不住誘惑而有所行動——因為在東方——我不喜歡艾克[3]。我喜歡——對面那兩個，這是他們的國家。幾點了？我的錶停了。」

「八點三十分。」

「再十個小時，我們就可以走了。」

「天氣有些凍人了，」派爾顫了一下說，「完全沒想到會這樣。」

「四面都是水田的關係。我車上有床毯子，應該可以應付應付。」

「安全嗎？」

「對越盟兵來說還太早。」

「讓我去。」

「我比較習慣黑暗。」

我一站起來，吃飯的那兩個小兵就停下動作，我用法文說：「我立刻就會回來。」我將腳懸盪在活板門上找梯子，然後爬下去。真怪異，說話竟也有使人安心的作用，特別是談抽象的題目；周遭一些異常的事物忽然都像司空見慣一樣。我不再害怕，就好像我暫時離開那個空間，馬上就會回去繼續話題——瞭望塔就是卡提拿街，華麗飯店的酒吧，或者甚至是高登廣場邊的一間房。

我在塔底站了一分鐘，讓眼睛習慣黑暗。天空有些星光，但沒有月光。月光會使我想起停屍間，想起大理石地板上那個裸白的燈泡所放射出的白光。但星光是活的，從不靜止的，就像浩瀚蒼穹裡，有人想藉此傳遞善意的訊息，因為連星星的名稱都是友善的。金星[4]可以是任何我們所愛的女人，大小熊星座就像可愛的幼熊，而南十字星，對像我的妻子那樣有信仰的人而言，我猜可能就是他們最鍾愛的床邊讚美詩篇或睡前禱。我也和派爾一樣，打了個寒顫，可是夜晚算是夠熱的，只有兩側延伸的水田將一股股寒意送進暖暖的此處。我朝車子走去，有一瞬間，我站在路上，覺得車子已經消失了。即使後來我想起車子停在三十碼以外，我的信心還是大受打擊。我忍不住縮起肩膀走路，這樣我才不覺得那麼顯眼。

我必須開鎖打開行李箱才能拿到毯子，寂靜中開鎖的喀啦聲和開蓋子的吱嘎聲嚇了我一大跳。在這寂靜無聲的夜裡，這唯一的噪音可讓我緊張得很。我把毯子披掛在肩膀上，比打開時更小心地壓下蓋子，正當鎖扣鉤上的一刻，西貢方向忽然火光沖天，爆炸的巨響順著道路向人襲捲而來，啪啪的機槍聲；在爆炸結束前就停了。我想，有人倒楣了，遠處傳來叫喊聲，像是痛苦，像是恐懼，或者是勝利。不知道為什麼，但我一直想過敵人從後方，一路追擊我們，有一剎那我覺得不公平，為什麼越盟兵在前面，在我們與西貢之間。好像我們曾不知不覺地把車子開向危險，而不是要躲開它，就像此刻我是面朝危險，後退走向瞭望塔。我所以走而不跑，因為這樣聲音比較小，可是我的身體卻想要奔跑。

到了梯子下面，我對派爾喊道：「是我——弗勒。」（到這時候我還是無法在他面前用自己的教名。）裡頭的景象有了變化，飯鍋已放回地上，一人把來福槍執在腰股之處，靠牆坐著並緊盯著派爾。派爾則稍微離開牆邊，跪在地上，望著躺在他與另一個哨兵之間的機槍。看來他本來要爬過去拿槍，但被制止。第二個哨兵的手臂伸向機槍，但沒有打鬥或威脅的徵象，三人一動也不動，就像小孩在玩一二三木頭人一般。

「怎麼了？」我說。

兩個哨兵轉過來看我，派爾乘機發難，將槍撲在手中。

「你們在玩遊戲嗎？」我問道。

「我不放心他們拿槍，」派爾說，「萬一外面有人來突襲我們。」

「用過機槍嗎？」

「沒有。」

「那很好，我也沒有。還好已經裝好子彈──我們還不會裝。」

兩個哨兵默默接受失槍的事實，一個把來福槍放下，橫放在腿彎裡；另一個頹然靠向牆壁，閉上眼睛，就像小孩子以為閉上眼睛別人就看不見他了。也許他是因為卸去責任而忽然高興起來。遠處又響起機槍聲──三次爆炸聲後又回復靜寂。那個失槍的哨兵把眼睛閉得更緊。

「他們不知道我們不會用槍。」派爾說。

「他們應該會站在我們這邊。」

「我以為你不屬於任何一邊。」

「說得好，」我說，「只怕越盟兵不知道。」

「那邊發生什麼事？」

我再次模仿明天《遠東日報》的報導口吻說：「西貢外五十公里處，某一據點昨晚遭受攻擊，一度被非正規越盟占領。」

「你看在田裡會不會比較安全？」

「那地方濕得厲害。」

「你好像都不擔心。」派爾說。

「我嚇得都僵了，但事情還沒有想像的那麼糟。他們通常一晚不會攻擊超過三個據點，我們倖免的機會提高。」

「那是什麼聲音？」

那是重車的聲音，它從路那頭過來，然後開向西貢。我走到來福槍眼向下看，正好看到一輛坦克經過。

「巡邏隊。」我說。砲塔裡的砲管忽而轉向這邊，忽而轉向那邊。我想叫住他們，但叫住又怎樣？他們車上不可能有位子容納兩個無用的老百姓。他們通過的時候地板有些震動，然後他們就走遠了。我看了看錶，八點五十一分，我繼續向外看，耐心等待砲塔因旋轉而間歇洩出的亮光，就像藉著計算閃電和雷聲的時間差，以測量距離一樣。結果發現大約每隔四分鐘可以看見一次亮光。有一度我以為有一枚火箭砲攻擊它。之後，一切又恢復了寧靜。

「他們回來的時候，」派爾說，「我們可以向他們發訊號，請他們帶我們回營地。」

一個爆炸聲震得地板直晃。「但願他們能回來，」我說，「那聽起來很像地雷。」後來我又看看錶，時間已過了九點十五分，坦克還沒回來，也沒有其他開火的聲音。

我在派爾旁邊坐下，伸了伸腿。「我們最好睡一下，」我說，「反正沒別的事可做。」

「那兩個兵讓我不舒服。」派爾說。

「只要越盟兵不出現，他們不會怎麼樣。為了安全，把機槍放在你的腿下。」我閉上眼睛，想像自己是在別的地方——坐在德國火車的四等車廂裡，向前飛馳，在希特勒尚未掌權之前，那時我還年輕，熬夜不睡也沒有一絲憂鬱，夢裡總是充滿希望，而不是被惡夢驚醒。此刻正是鳳為我準備睡前煙的時候。不知是否已有封信在等我——希望沒有，因為我很清楚信裡會寫些什麼，只要信沒到，我就可以繼續做我不可能實現的白日夢。

「你睡著了嗎？」派爾問道。

「沒有。」

「你不覺得我們應該把梯子抽上來嗎？」

「我已想通為什麼他們不抽梯子，因為那是唯一的出路。」

「我真希望那輛坦克會回來。」

「不會回來了。」

我試著不去看錶，除非自己覺得已經過了很長的間隔，但我實際看錶的間隔似乎總沒有想像中的長。九點四十，十點五分，十點三十二，十點四十一。

「你醒著？」我問派爾。

「是。」

「你在想什麼？」

他遲疑了一會兒，「鳳。」他說。

「是嗎？」

「我只是在想不知道她現在在做什麼。」

「我可以告訴你。她料想我一定是在西寧過夜——這不是第一次，她就躺在床上，點一支香驅趕蚊子，然後翻看《巴黎佳偶》裡的舊照片。她跟法國人一樣，對王室特別狂熱。」

派爾怨嘆地說：「知道得那麼清楚，感覺一定很棒。」我能想像黑暗中他的眼睛像隻撒嬌的狗。

他父母應該給他取名叫萊西，而不是愛爾登。

「我並沒有知道那麼清楚——不過是大概正確而已。當事實不能改變時，嫉妒沒什麼好處。何必庸人自擾。」

「有時候我很討厭你說話的調調，湯瑪斯，你知道她在我心目中的地位？她就像一朵清新的花。」

「可憐的鮮花，」我說，「身旁都是些雜草。」

「你最初在哪裡遇見她？」

「她在大世界跳舞。」

「跳舞！」他驚呼，好像那是難以接受的事。

「那是絕對正當的職業，」我說，「不必擔心。」

「你的經驗多得可怕，湯瑪斯。」

「我的歲數也多得可怕，等你到了我這年紀——」

「我從來沒交過女朋友，」他說，「沒有真正的，沒有你們覺得算得上女朋友的。」

「你們那些人大概光在吹口哨上浪費太多精力。」

「我沒有跟任何人講過。」

「你還年輕，沒什麼好丟臉的。」

「你有過很多女人嗎？弗勒。」

我不懂很多是多少。不超過四個女人，在我心中──或我在她們心中──占有一席之地。至於其他四十幾個──不知道碰她們做什麼，以衛生的觀點，以社會責任的觀點，皆是錯誤。」

「你認為那是錯誤？」

「真希望能拾回那些浪費掉的夜晚，我現在還在戀愛，派爾，可是我已經沒什麼用處，當然，我也曾驕傲自信過。要花很長一段時間，我們才能不再因被人需要而感到驕傲。雖然天知道有什麼好驕傲的，當我們環顧四周，看見被需要的人多的是。」

「你看我是不是有什麼問題？湯瑪斯。」

「沒有，派爾。」

「我並不是不需要，我像別人一樣，我並不是怪人。」

「其實我們沒有人真的像嘴巴講得那麼需要別人，這真是可怕的大量自我催眠造成的現象。現在我知道我誰都不需要──除了鳳，但那是用時間換來的真知。如果鳳不在我身邊，我可以一整年一個縱慾的夜晚都不過。」

「但她實際上是在你身邊。」他用我幾乎聽不到的聲音說。

「人常以荒唐始，最後卻像我們的老祖父一樣，忠於一個女人。」

「我想一開始就只忠於一個女人，大概是有點過於天真……」

「不會。」

「金賽報告沒這樣說。」

「所以這並不會太過天真。」

「其實，湯瑪斯，像這樣和你待在這裡聊聊，倒也挺不錯。好像也沒什麼危險了。」

「往往在遭遇猛烈突襲以後，突然靜止下來就會有這種感覺。」我說，「但是他們總還是會再攻擊。」

「如果有人問你，你最深刻的性經驗是什麼，你會怎麼說？」

我的回答會是：「一天清晨躺在床上，望著一個身穿紅包睡袍的女人梳理秀髮。」

「喬說他最深刻的是同時與一個中國小妞和一個黑人小妞上床。」

「我二十歲的時候也會這樣覺得。」

「喬已經五十歲了。」

「戰爭會影響人的心理年齡。」

「鳳就是那個穿紅色睡袍的女人嗎？」

我真希望他沒問這個問題。

「不是。」我說，「是之前的一個女人，我剛離開妻子的時候。」

「那個女人怎麼樣了？」

「我也離開了她。」

「為什麼？」

真的，為什麼？「我們都是傻子，」我說道，「在我們相愛的時候。我一想到失去她就害怕，我以為她變了——我不知道她是不是真的變了，可是我無法忍受這種不確定的狀態。於是我乾脆就奔向終點，就像一個懦夫變節投向敵人，後來還獲頒勳章。我要讓死亡提前來到。」

「死亡？」

「這也是一種死亡。然後我就來到東方。」

「然後就遇上鳳？」

「是的。」

「但是你不會在鳳身上舊戲重演嗎？」

「情況不一樣了，你懂嗎，那個女人愛我，我怕失去她的愛。至於鳳，我只是怕失去她的人。」

我幹嘛要說這些？我真不懂。派爾可不需要我說這些話給他打氣。

「但她也愛你，不是嗎？」

「那種愛不一樣，她們天性不同。以後你會知道。稱她們是小孩未免太老套——但有一點她們確實像小孩，她們愛你是為了換取善待，保障，以及送她們的禮物；她們討厭你，因為你打她一拳或是你蠻不講理。她們不懂得那套——一見鍾情，愛上一個陌生人。以一個上了年紀的人而言，派爾，這樣非常安全——只要家裡是快樂的，她不會棄家求去。」

我根本沒有刺傷他的意思，可是我發現他被刺傷了，因為他以一種壓抑的憤怒說：「她也可能會希望得到更大的保障和更好的對待。」

「也許。」

「那你不怕嗎？」

「沒有怕到像以前那個女人的程度。」

「你倒底愛不愛她？」

「噢，有的，派爾，有的。但以前那種愛我只能愛一回。」

「雖然玩了四十幾個女人。」他攻擊我。

「我相信那還低於金賽報告的平均數字。但派爾，你知道，女人並不想要處男。我不確定我們是不是也如此，除非我們病態。」

「我沒有說我是處男。」他說。我與派爾的談話似乎已偏入怪異可笑的方向，難道是因為他的認真態度迫使話題脫離了常軌？他說話向來不拐彎抹角。

「你可以有過一百個女人而仍然是處男，派爾，在戰時你們大部分因強姦罪被處絞刑的大兵也是處男。我們歐洲就沒有那麼多，我很慶幸。處男害人不淺。」

「我真不懂你，湯瑪斯。」

「這沒什麼好解釋，我對這個話題也厭煩了。我的年齡也到了，現在衰老與死亡的問題比性困擾我多了。我醒來時，心理的問題只有這些，而沒有女人的肉體。我只是不願人生的最後十年孤家寡人，如此而已。一整天，我不知道要想些什麼，但我知道我馬上將和一個女人共居一室——即使我並不愛她，但是如果鳳離開我，我還有力氣再找一個嗎？」

「如果那就是她對你的全部意義……」

「全部？派爾，等你開始操心最後十年無人陪伴，老死在安養院裡，到那時你就會開始盡一切可能，連那個穿紅色睡袍的女孩也可以棄之不顧，只求找一個人，任何人，能守著你，守到你斷氣為止。」

「那麼你為什麼不回去找你的妻子？」

「和一個你傷害過的人一起生活很不容易。」

一長串的機槍掃射聲——距離不會超過一哩。也許是一個太過緊張的哨兵在對影子亂射，也許是又一次攻擊的開始。我希望是攻擊——那就又增加了我們倖免的機會。

「你怕不怕？湯瑪斯。」

「當然怕，每根神經無不懼怕。但就我的理性而言，我認為這樣死去還比較好，那就是我來東方的理由，與死亡為伍。」我看錶，已經十一點。再過八小時的黑夜，我們就可以輕鬆了。我說：「我們好像除了上帝，什麼都談遍了。我們最好留祂到半夜一兩點時再談。」

「你不相信上帝，是嗎？」

「不相信。」

「沒有『祂』我覺得凡事都沒有意義。」

「有了他我覺得凡事都沒有意義。」

「我看過一本書——」

從來沒聽說派爾看過什麼書，（假設不是約克．哈定，莎士比亞，當代詩集，或婚姻生理學——也許就是勝利的人生）忽然有人聲來到我們之間，好像就來自活板門旁的黑影——空洞而低沉的聲音透過喊話器說著越南文。

「我們中獎了。」我說。兩個哨兵在聽，他們的臉轉向槍眼，他們的嘴半張著。

「那是什麼？」派爾問。

走到槍眼時，聲音若迎面撲來，我趕緊向外看，但什麼也看不見——甚至連大路都無法分辨——然後當我回轉身子，正好看到來福槍的槍口，我不知道槍口的目標是對準我還是對準槍孔。但我欲沿牆移動位置，來福槍搖晃遲疑地，衝著我移動；外面的聲音又一遍傳進來，說的是與方才同樣的話。我坐下來，來福槍口跟著下移。

「那聲音說什麼？」派爾問。

「我不懂，我猜是他們發現了車子，所以叫這兩個傢伙把我們交出去，或是什麼的。最好趁他們還沒打定主意前拿起你那把機槍。」

「他會開槍。」

「他現在還遲疑不決，等他下定決心，一定開槍。」

派爾挪動他的腿，來福槍馬上指過來。

「我等下沿著牆移動，趁他眼光瞟向我這裡時，你就瞄準他。」

正當我站起來的時候，外面的喊話停了；趁這安靜的瞬間我猛然一跳，派爾趁機大吼一聲，「把槍扔掉！」此時我很擔心派爾手上的機槍未上子彈——我還沒來得及轉頭看一眼，那人已把槍丟下了。

我走過去拾起槍，喊話又開始了——我印象中詞句都沒有改變，也許他們是用唱片放的，我在擔心不知何時會發出最後通牒。

「下一步會發生什麼事？」派爾問，他的語氣彷彿學生觀看實驗示範，事情與他無關似的。

「也許是火箭砲，也許是越盟兵。」

派爾檢視手上的機槍。「這種槍好像沒什麼神祕。」他說，「我要不要轟它一槍？」

「不要，讓他們猶豫一下，他們希望不戰而勝，這樣就給我們時間，我們趁機快溜。」

「他們可能就在底下等。」

「對，很可能。」

那兩個大男人正望著我們——我說「大男人」，其實我懷疑他們倆加起來不到四十歲。

「那這兩個人呢？」派爾問，同時用槍指了指說，「要不要斃了他們？」也許他想試用一下那把機槍。

「他們沒做錯什麼。」

「他們會把我們交出去。」

「為什麼不交？」我說，「這裡沒我們的事，這是他們的國家。」我取出來福槍的子彈，把槍放在地上。

「你不該把槍丟了。」他說。

「我太老了，帶槍跑不動，而且這不是我的戰爭。現在走吧。」

這不是我的戰爭，可是希望現正在黑暗中的那些人也瞭解這一點。我把油燈吹滅，將腿自地上門洞垂放下去，用腳摸索梯子。我聽到那兩個哨兵在低聲耳語，他們的語言聽來像低聲吟歌。「一直向前走，」我對派爾說，「目標稻田。記住，有水的地方，我不知道水有多深。準備好了？」

「好了。」

「感謝你共患難。」

「隨時奉陪。」派爾說。

我聽到那兩個哨兵在我們後面移動，我真怕他們有刀子。喊話的聲音橫蠻起來，似乎是提醒最後機會。在我們下面的黑暗中有東西在動，但可能是一隻老鼠，我不禁有點遲疑。「但願上帝賜我一口酒喝。」我心中默禱。

「我們快走。」

有東西正爬上梯子，我聽不到什麼聲音，但腳下的梯子在搖晃。

「為什麼又不走了？」派爾問。

我不知道為何認為有東西正靠上來，那樣無聲無息的，偷偷摸摸的，只有人才會爬梯子，但我不覺得那是像我這樣的人——那好像是一個動物，一種不同的生物，安靜，穩定，冷酷地靠過來，靠過來殺人。梯子不斷在搖，我好像看到牠的眼睛正往上瞪視。突然我再也無法忍受而跳了下去，結果除了鬆軟的地面之外什麼都沒有，倒是我的腳踝在地上扭傷了。我聽到派爾從梯子下來，這才明白剛才是杯弓蛇影，只是自己嚇自己，連自己發抖都辨別不出，還一直自認堅強，不會幻想，是個道地的觀察者，報導者。我才剛一站起差點痛得又再跌倒，於是只好拖著一隻腳向稻田走，後面有派爾跟來的聲音。然後火箭砲的砲彈在瞭望塔爆炸，我又撲倒在地上。

4

「你受傷了嗎？」派爾問。

「有東西打中我的腿，但不嚴重。」

「我們繼續走。」派爾催促我。

我正好可以看見他，因為他好像被罩上一層純白的灰，但隨後又不見，就像放映機的燈泡壞了，銀幕上的映像忽然消失，只聽到腳步聲繼續在響。我小心翼翼以未受傷的腳踝撐起身體，努力不讓受傷的左腳承受體重，可是我又倒下，痛得幾乎窒息。那隻腳已不屬於我，我的左腿出了問題。我已不知憂懼——痛得啥也顧不得，我死掉一般躺在地上，只希望疼痛停止，我甚至憋住呼吸，就像患牙痛的時候那樣。我已不再去想越盟兵，儘管他們馬上會過來搜索轟毀的瞭望塔。又一顆砲彈在瞭望塔開花——他們在過來之前要把現場徹底破壞。為殺一兩個人所花的銀子真不少——痛楚減輕了，我遂想道，倘若殺馬就便宜多了。我的神志一定不完全清楚，因為我忽然想到曾經誤闖屠馬場，那是在我出生的小鎮上，是我童年時代最感恐怖的所在。我們常覺得聽到馬匹淒慘的嘶叫和冷酷殺手的開槍聲。

疼痛又開始，而且持續好一陣，我只好憋氣靜躺著，那似乎是唯一要緊的事。我心裡清楚考慮是否應該爬向稻田。越盟兵或許無暇搜索太遠。另一輛巡邏坦克應該已經出動，它應該出來尋找沒有回去的第一輛坦克。但我害怕疼痛甚於害怕越盟游擊兵，所以我還是靜躺著。聽不見派爾的任何聲音，他必定已到了稻田，然後我聽到有人在啜泣，聲音來自瞭望塔的方向，或是本有瞭望塔的那個方向；哭聲很像懼黑又不敢叫的小孩，我猜想那是兩個少年兵的其中一個——也許另一個死了。希望越盟兵不要再連這一個也割頸子，打仗真不該用小孩，我又想到那個蜷曲在壕溝裡的小孩屍體。我閉上眼睛——如此也有助於忘記疼痛，然後我靜靜等待。有一個聲音在喊叫什麼，我聽不懂。我幾乎覺得可以在這黑暗，孤寂，沒有疼痛的時候進入睡鄉。

然後我聽見派爾低聲呼喚：「湯瑪斯，湯瑪斯。」他很快就學會躡腳走路，我沒聽到他回來。

「快走開，」我也低聲回答他。

他找到我，在我身邊躺下。「你為什麼沒跟來？你受傷了嗎？」

「我的腿，我想是骨折了。」

「中彈？」

「不是，不是，是木塊，石塊，瞭望塔的什麼碎塊。」

「你一定要再撐一下。」

「你走吧，派爾，我不想走，實在太痛了。」

「哪一隻腿？」

「左腿。」

他爬到我側面，把我的手臂架到他肩上。我真想像守塔的那個小孩那樣哭泣，後來我生氣了，火氣又發不出來，只好低聲說話。「該死你，派爾，別管我，我願意待在這裡。」

「不行。」

他硬拖我起來，半壓在他肩上，我痛得難以忍受。「別他媽的逞英雄，我不要走。」

「你一定要幫個忙，」他說，「否則我們一起被抓。」

「你──」

「安靜，他們會聽到。」

我因被逼急了才吼出聲音──又不宜說什麼太難聽的字眼。現在我只好靠著他撐起來，讓我的左腿懸盪著──我們好像在做兩人三腳賽跑，動作笨拙得可笑。我們本來不可能有機會，如果不是我們起跑的時候正好響起機槍聲。短促急速的連發槍聲來自道路另一端，方向是下一個瞭望塔。也許是一輛巡邏坦克正好過來，也許他們正完成摧毀三個瞭望塔的紀錄，反正我們緩慢而笨拙的逃跑聲響因此被淹沒了。

我不知道自己是否一直清醒著，但我知道最後的二十碼必定把我的全部體重都加給派爾。他說：「小心這裡，我們要進去了。」乾的稻株在身邊窸窣作響，濕的泥漿在腳底擠上擠下。派爾停下來時水深及腰。他在喘氣，喘得那麼用力，以致發出一種活像牛蛙的聲音。

「真對不起你。」我說。

「不能丟下你。」派爾說。

我的第一個感覺是舒服，泥水像繃帶似的托住我的腿，卻比繃帶還溫柔，但不久寒冷使我們開始發抖。我懷疑時間是否已過午夜，我們可能要那樣待六個小時，如果越盟兵沒有發現我們的話。

「你有沒有辦法減輕一點點你的重量？」派爾說。

「一下就好——」我又沒道理的氣惱起來。除了疼痛難當，我沒有其他藉口。我沒有要求他救我，或要求像這樣痛苦地延緩死期，我懷念剛才那塊乾硬的臥身之地，現在我像獨腳站立的水鶴，努力試著減輕我加在派爾身上的重量。當我一開始動，稻稈就窸窸窣窣響個沒完。

「你從那裡救我，」我說話時派爾清了清喉嚨，這是他的習慣性反應。「目的是讓我死在這，我情願死在乾燥的地上。」

「最好別講話。」派爾的語氣像對一個病人說話，「我們得節省體力。」

「哪個鬼讓你救我？我來東方就是來送死。就是你該死的多事——」

我在泥水中搖搖欲墜，派爾趕緊把我架住。「不要生氣。」他說。

「你以為你在看戰爭片。我們不是陸戰隊員，你不可能獲得戰鬥勳章。」

「噓——噓，」有腳步聲來到稻田邊上，路上的機槍聲已停止，周遭沒有半點聲音，除了腳步聲，以及我們的呼吸聲和磨擦稻稈的聲音。然後腳步聲停止，他們似乎與我們僅相距一個房間遠，我感覺派爾的手自我完好的右邊壓低我的身子，我們倆非常緩慢的沉到泥水裡，並避免哪怕碰到一點點稻株。我跪在一雙膝蓋上，向後仰起頭，如此才讓口鼻露出水面。我的腿又開始痛，我想，如果我昏倒，就會淹死——我向來最恨也最怕的就是淹死，為什麼人不能選擇自己死的方式？現在還是沒有任何聲音，也許他們在二十呎外等待一聲窸窣，一聲咳嗽，或是一個噴嚏。哦，上帝，我想我要打噴嚏了。他為什麼不肯丟下我不管，那樣我只消對我自己的——而不是他的——命負責，想活的人是他。我用手指壓住嘴唇，那是我們小時玩捉迷藏時所用的方法，但噴嚏的意念徘徊著，等待爆發，而寂靜中另外有些人也正等待這個噴嚏。我的噴嚏要打了，要打了，打出去了……

但就在我要打噴嚏的同一秒鐘，越盟兵的機槍開始掃射，子彈劃出一道紅線，穿越稻田，像鑽孔機鑽透鋼板似的尖銳噪音，吞沒了我的噴嚏聲。我吸了一口氣潛進水裡——人總是那麼本能的躲避所愛的東西，向死亡搔首弄姿而又躲避死亡，簡直就像女人期盼被心愛的人強暴的情形。我們頭頂的稻稈全被掃斷了，風暴過去了。我們倆同時露出水面換氣，並聽到腳步聲正朝瞭望塔的方向走回去。

「我們成功了。」派爾說。我真懷疑我們哪裡成功，我的腿還在痛，所剩的不過是一個編輯的位子，加上年老，寂寞；至於他，我只知道他言之過早。然後，我們再耐著性子等在冷水中。向著西寧那邊的路頭上衝起一團大火，火焰快樂地跳躍著，好像在慶祝什麼。

「那是我的車。」我說。

派爾說：「真可惜，湯瑪斯，我不喜歡看到東西被糟蹋。」

「油箱裡一定還有一點正好夠放火的油，你會不會像我一樣覺得好冷？派爾。」

「冷得不能再冷了。」

「我看我們出去平躺在道路上。」

「再給他們半個小時。」

「我的重量在你身上。」

「我撐得住，我年輕。」他說這話的本意是幽默，但聽在我耳中就像泥水一樣冰冷。我原想為我受傷的情形表達幾句歉意，但現在我的傷痛使我改口說：「你年輕，不錯，你有能耐繼續等，是嗎？」

「我不懂你的意思，湯瑪斯。」

我們在一起的時間，好像有七個夜晚加起來那麼久，但他瞭解我並不比他瞭解法文多。我說：

「當時不應該管我。」

「那樣我無法向鳳交待。」他說，而這句話簡直是自掀底牌。

「所以這一切全是為了她。」我說。而讓我的嫉妒顯得更荒謬可笑的是，我必須以最低聲的耳語說話，這樣就完全失去語調的力量——嫉妒需要有聲有色。「你以為靠你這些英雄行為就能得到她，你錯到家了。如果我死了你就能得到她。」

「我不是那個意思。」派爾說，「當你戀愛而遇到情敵時，你就該跟他決賽到底，分個勝負，如此而已。」

這確是真的，我想，但他想得太天真。戀愛是希望你自己成為別人心目中的你，戀愛其實是愛上你自己虛假的高尚形象。戀愛中我們不再真實——最勇敢的行為不過是以對方為觀眾的表演。也許我已沒在談戀愛，但經驗還記得。

「如果受傷的是你，我會丟下你。」我說。

「啊，不會，你不會，湯瑪斯。」他以令人難以忍受的滿意語氣說道，「我知道你的內心比你嘴上好。」

我一氣就想擺脫他靠自己站起來，但痛楚像火車過隧道似的轟然襲來，我只好重重又壓回他身上，否則馬上會掉進水裡喝水。他用雙手抱著我，把我提起來，並開始一寸一寸向路邊泥岸挪移。到了稻田邊緣，他在泥岸下面的淺泥漿裡放低擺平我的身體。當疼痛消退，我停止憋氣，睜開眼睛，只看見滿天密布詳盡的星座圖——那是我無法辨識的異域星圖，與故鄉的星位全然不同。派爾的臉湊到我的上方，像給星空沾上一顆圓形污斑。「湯瑪斯，我要順這條路下去找巡邏車。」

「別作傻事，」我說，「他們還沒弄清楚你是誰之前就已把你格斃——如果你沒碰到越盟兵的話。」

「這是唯一可行之途，你不能在水裡躺六個小時。」

「那就把我弄到路上躺著。」

「留給你機槍也不好吧？」他遲疑地問。

「當然不好。如果你決心要當英雄，至少得從稻田慢慢穿過去。」

「那樣的話，巡邏車經過時我會來不及喊住他們。」

「你又不會說法文。」

「我會說『我是法國人』這句，別擔心，我會很小心。」

我沒來得及答話，他已離開低聲說話聽得見的範圍——正如他所說，他悄聲移動位置，頻頻停止觀察。我看他出現在車子的火光前，幸好未聞槍聲；他通過火光消失不見，腳步聲也沒了，一切歸於寂靜。真對，他是非常小心，就像上次，他小心地划船，經由河道進入發豔，他有英雄的細心，在孩子的冒險故事裡，他對他的細心感到驕傲，就像對一枚童子軍的徽章感到驕傲一樣，但他卻不太清楚他的冒險故事之荒謬和滑稽。

我躺在那裡等待槍聲，無論是越盟兵的，還是法軍巡邏車的，但一直沒有——他大概要花一小時，甚至更多的時間，才能到下一個瞭望塔，如果他到得了的話。我轉過頭還可以看見我們的瞭望塔，但那只剩下一堆泥塊、竹條和支架，像燒過的車子一般徹底垮在地上。當疼痛離去時，心裡格外平靜，我簡直想唱歌，這是神經大戰的休戰紀念日。我想幹我這一行的人確實非常奇怪，今晚發生的這一切若寫成新聞只得兩行——今晚不過是個平常又普通的夜晚，不平常的是我個人而已。瞭望塔的殘垣裡又開始傳來低弱的呻吟，一定有一個哨兵還活著。

我在想，這個可憐鬼，如果不是因為當他們幾乎要投降時，我們衝出他們的崗哨，他可以投降；或者，當第一聲喊話傳來時，他可以逃跑。然而因為我們在那裡，兩個白人，又拿了他們的機槍，他們不敢亂動。當我們離開之後，一切太晚了。那黑暗中呻吟的人是我害的，我曾以自己的超然態度自傲，說自己不屬於這個戰爭，但他們的傷口是我造成的，就像我親自扣機槍打中的，派爾當時差點要開槍打他們，結果等於是打了。

我使勁想爬上泥岸，爬上道路，去跟那個人一處，那是我唯一能做的事，去分擔他的痛苦。但是我自己的痛楚將我推回。後來就再聽不到他的聲音了。我靜躺著，什麼都聽不見，除了我自己的疼痛像怪獸的心臟般鼓跳，我憋氣，並向我不信的上帝祈禱：「讓我死或讓我失去知覺，讓我死或讓我失去知覺。」然後我大概真的昏過去而什麼都不知道了，直到我夢到我的眼皮結冰黏在一起，有人用一支鑿子插進來撬開，我想警告他們不要弄壞我眼皮下面的眼球，但我無法張口說話，鑿子穿透進來，我看見手電筒照在我的臉上。

「我們成功了，湯瑪斯。」我記得派爾說了那句話，但他後來向別人描述的情形我完全不記得了，他說我把手揮向錯誤的方向，告訴他們塔裡有一個人，要他們去看看。不過，我不可能做出像派爾那樣過分動用情感的事。我知道自己，我知道在我自私深處，如果我能看到，聽到，或是觸摸到有人在受苦，我便無法平靜以對（而平靜是我主要的願望）。有時候單純的人會誤認為我這樣是不自私，其實我所做的一切只是犧牲一點小利益，暫時不管我的傷痛，以換取更遠大的利益，那就是內心的平靜，我真正需要的，是為自己想。

他們回來告訴我那個少年兵死了，我聽了很高興，在嗎啡針打進我的左腿之後，我也將不必再受多少疼痛的折磨。

1 基督教一個支派，認為神只有一個存在，不相信三位一體。強調信仰自由，對不同的宗教信仰、概念持寬容的態度。

2 唯心主義是由英國經驗主義哲學家喬治．柏克萊（George Berkeley，一六八五－一七五三）提出。他主張「存在就是被感知」，指出事物本身並不存在，端賴觀念與精神。反對洛克主張所有知識皆自感官而來，而以為知識應屬被動，上帝的心靈乃最後的實體。本有意以思想拯救美國的自由主義，終未成功。

3 美國第三十四任總統艾森豪之暱稱。

4 以愛神維納斯命名。

第三章

1

我回到卡提拿街的住處，緩緩上樓，走至第一個平臺止步休息。那些老媪一如以往群聚那裡閒扯，她們蹲在公廁外的地上。命運的刻痕如掌紋一般，在她們臉上縱橫肆恣。我自她們身旁走過，老婦們安靜下來。我想假使我懂她們的語言，她們可能會告訴我所有的事情，從我離家赴西寧始到我從軍團醫院住院回來為止。我在瞭望塔或稻田的什麼地方把鑰匙掉了，但我捎了張字條給鳳，如果她還留在我那，應該已收到。我說「如果」表示我不敢確定。我住院時沒有她的消息，不過可能因為她寫法文有困難，而我也看不懂越南文。我敲敲門，門立刻開了，一切似乎依然如舊。我仔細端詳她，她問我傷勢如何，摸摸我讓夾板固定的腿，並伸過肩膀來讓我靠上，我倚在一枝如許青春的支柱上真感到無比安全，我說：「我很高興回到家。」

她告訴我她很想我，那當然是我想聽的話，她總說我愛聽的話，除非有意外，而我現在就等待意外。

「這些日子妳做些什麼消遣？」

「噢，我常去看我姊姊，她在美國人那裡找到一份工作。」

「她找到了，是嗎？派爾幫她找的？」

「不是派爾，是喬。」

「喬是誰？」

「你認識啊，那個經濟專員。」

「哦，當然認識，那個喬。」

他是那種常會被人忘記的人，到現在我還無法回憶起清楚的輪廓，只記得他很胖，鬍子刮得乾乾淨淨的、喜歡大笑，想不起完整的相貌——只知道他叫做喬，總有些人名字取得很短。

鳳幫襯我躺平床上。「有看什麼電影沒有？」我問。

「現在有部很好笑的電影在卡提拿戲院上映。」她立刻開始告訴我非常詳細的電影情節，我舉目四望搜尋像是電報的白色信封。我沒開口問，我相信她已忘記要跟我說，也許放在打字機旁桌上，或在衣櫥上，也許為怕弄丟，她放它進茶櫥的抽屜裡，與她收集的各色圍巾置於一處。

「那個郵局局長——我想他是郵局局長，不過也可能是市長——跟他們回家，他從麵包店借了一把梯子，想從柯林的窗子爬進去，但是你知道，結果爬到隔壁弗蘭沙的窗口，可是他沒聽到龐畢爾夫人來了，龐畢爾夫人進來看見他在梯子頂上還以為……」

「龐畢爾夫人是誰？」我問，同時轉頭看洗臉盆，她有時把信件擱在化妝品之間。

「我說過了，她是柯林的媽媽，她想找丈夫，因為她是寡婦……」她坐上床，伸手進我的襯衣裡。「真的好好笑。」她說。

「吻我，鳳。」她毫無嬌態，立刻照做，然後繼續說電影裡的故事，她也會這樣和我做愛，只消我要求，她就絕無二話，乾乾脆脆剝下褲子，事後再繼續說龐畢爾夫人的故事和郵政局長的困境。

「有我的電報嗎？」

「有。」

「怎麼不拿給我？」

「你不應該這麼快就開始工作，你得躺下休息。」

「這封電報可能不是公事。」

她把電報拿給我，我發現已經拆封，電文內容：

「急需四百字背景稿，狄拉德之死對軍事政治之影響。」

「不錯，這是工作。」我說，「妳怎麼知道，妳為何拆開它？」

「我以為是你妻子的，我希望有好消息。」

「誰幫妳翻譯？」

「我拿去給我姊姊看。」

「如果是壞消息，妳是否已經離開我？鳳。」

她以手掌揉我胸表達要我放心之意，卻不知道這次我需要的是她的言語，即使不是真話也好。

「你要不要鴉片？還有一封你的信，我想可能是她寫給你的。」

「信妳也拆了嗎？」

「我不會拆你的信，電報是公開的，電報局的職員都能用電話告訴你內容。」

這封信果然擱在圍巾那裡，她鄭重其事取出，放在床上，我看筆跡就知道了。「如果這是壞消息，你會怎麼——」我很明白信封裡必定是壞消息，不會是別的。如果是電報還可能是一時衝動下慷慨，至於信，必定是說明，必定是欲討回公道——所以我將說了一半的問題吞回去，因為要求別人作無法遵守的承諾，必定毫無真心可言。

「你怕什麼？」鳳問，我猜，我怕寂寞，怕新聞俱樂部，怕這間起居兼睡覺的孤室，我害怕派爾。

「替我倒一杯白蘭地加蘇打。」我說，然後看到信的開頭——「親愛的湯瑪斯」，以及結尾——

「愛妻海倫」。我等我的白蘭地。

「是『她』寫來的嗎？」

「對，」信還沒看，我就在考慮看完信我該對鳳說謊還是說實話。

親愛的湯瑪斯：

從你信中得知你不是單身寡居，我不覺訝異，你並非能長久獨居之人，對吧？你隨時接納女人一如你外套之接納塵土。若非我以為你回倫敦必定輕易再另結新歡，也許我會同情你的狀況。我想你不會相信，但使我止步，使我不願以簡單的「不同意」拍電報答覆你的原因是為那個可憐的女孩著想。我們女人較能設身處地為別人想，不像你。

我喝了一口白蘭地。沒想到經過這麼多年，傷口依然敞開，我選字不夠技巧，又粗心使她的傷口淌血。誰又能怪她刺戳我的傷疤以資回敬？當我們不快樂時，傷口就會痛。

「壞消息嗎？」鳳問我。

「有點問題。」我說，「但她有權——」我繼續看信。

我一直相信你愛安妮之深非我們其餘女人可以比擬，結果你還不是提起行李離開她。現在你似乎又打算離開另一個女人，因為我能從你的信中看出你並不真希望我答覆「同意」。「我已盡力了！」——你心裡不正是這樣想嗎？如果我打電報回覆「可以」，你會怎麼做？你真的會跟她結婚？（我只能稱這個女人作「她」，因為你吝於告訴我她的名字。）也許你會，因為我想你也像我們這些曾與你一起過的女人一樣，老了，不堪受孤單了。有時我也覺得寂寞，我得知安妮已另外找到了伴，你離開她倒正是時候。

她刺我的舊傷既準且狠。我再喝一口酒。心裡冒著血。

「我給你弄一管鴉片。」鳳說。

我之所以說「不同意」，有個理由（我們不必提宗教，因為你從來就不瞭解或相信宗教），婚姻無法阻止你離開一個女人，不是嗎？它最多只能延緩你分手的時刻。而假使你跟這女孩生活的時間短暫一如我們的相處，對她只會更不公平。你帶她回倫敦，這是個陌生的的地方，她會迷失其中，然後你離開她，那時她將感受何等惡劣的遺棄。我想她恐怕連刀叉都還不會用，是嗎？我之所以這樣不客氣是因我為她著想勝過為你著想，不過，湯瑪斯親愛的，我也有為你著想。

我覺得身體很不舒服。妻子已很久沒有給我寫信，這信是我逼她寫的，我感覺信中每字每行都飽含痛苦，她的痛苦又敲擊我的痛苦；我們又踏入了彼此傷害的老路子。但願相愛能不再彼此傷害——愛情只有專一是不夠的。我曾對安妮非常專情，可是我還是傷害了她。占有的行為中就有傷害，我們的身心太狹小，占有時不免驕傲，被占有時難免感到屈就。以某種角度說，我很高興妻子再次給我如此的重擊，因為我忘記她的痛苦太久了，這是我能給她的唯一贖罪方式。不幸的是任何衝突總會把無辜的第三者牽涉進去。無論何處，瞭望塔的呻吟聲，便是例子。

鳳點起鴉片煙燈。「她讓你跟我結婚嗎？」

「還不知道。」

「她沒有說？」

「如果她答應，她不馬上說出來。」

我想，對自己做為一名自由自在的報導者，而不是一名主筆，你感到多麼驕傲，然而在這層帷幕背後你又糟成一團。真正的戰爭比你還單純，槍砲造成的傷害還比較有限。

如果不顧我最深沉的感受就對你說「同意」，你的問題真的就能解決嗎？你說你將被調回倫敦，我料想屆時你一定不快樂，你會想方設法讓日子好過些，你會借酒澆愁。我們的第一次相處確曾認真努力過，但我們失敗了。人的第二次愛情不會比第一次認真，你卻說失去這個女孩你會死，一樣的話你曾對我說過，我可以拿信給你看，我還保存著，而且我相信你一定也對安妮寫過這話。你說我們向來彼此坦承，但是，湯瑪斯，你的坦承永遠時時在變。現在與你爭辯，或與你講理又有何益？不如就按照你的想法——非理性的，以我的信仰直接告訴你，我不相信離婚，我的宗教禁止離婚，這樣還更容易些。所以我的回答是：湯瑪斯，不行，不——行。

在「愛妻海倫」之前還有半頁我沒有看，那一段我猜是寫天氣和一個我敬愛的老姑媽之事。我沒什麼好抱怨，我早知道會得到這樣的回覆。信中的話也多半是事實。我只希望她在寫這封長信時，沒有從頭到尾怒吼，她因此痛苦，我也是。

「她說『不行』？」

我幾乎毫不猶豫地說：「她還沒有下定決心，還有希望。」

鳳笑了。「你說『有希望』，但臉卻拉得那麼長。」她像隻忠狗守在客死異鄉的主人墳上，伏在我腳下，熬燙鴉片，我心裡琢磨該如何回答派爾。我吸下四管鴉片後，對未來就比較樂觀。我告訴鳳這個希望是樂觀的希望，我妻子正與律師磋商，任何一天都有可能收到解除婚約的電報。

「其實這並不那麼重要，你可以設法定居。」她說，我聽得出來她說的是她姊姊的話。

「我沒有積蓄。」我說？「我的身價比不過派爾。」

「別擔心，事情或許會有轉機，一定會有辦法的。」她說，「我姊姊說你可以保一個人壽險。」

她的話說得何其實在，不淡化錢的重要，不作偉大、桎梏的愛情承諾。我懷疑派爾要經過多少歲月才能受得住這種硬生生的現實核心，因為派爾是浪漫的，當然另一方面他有足夠的本錢定居。現實的冷酷會因生活飽足而軟化，正如同強壯的肌肉會因不常使用而鬆軟。富人兩者得兼。

當晚，卡提拿街的商店打烊以前，鳳又買回三條絲質圍巾。她坐在床上展開給我看，對鮮麗的顏色讚嘆一番，她溫柔的軟語充滿空寂的屋子；然後，她小心摺好，拿去和其他十餘條收進抽屜，這像是她的定居方式，謙和淑靜的奠基方式。而我正以狂亂的方式為定居奠基。藉助鴉片煙透支的清明頭腦與前瞻能力，我寫信給派爾。那封信就是後來我在約克·哈定《西方的角色》那本書裡發現的那封。他收到信的時候一定正在看那本書，也許因為沒有繼續讀下去，就順手以信當書籤。

「派爾吾友，」那是我唯一一次想寫他的名字「愛爾登吾友」，而不用姓，因為畢竟，這是一封重要的感謝信，它和其他的感謝函有點不同，它不含虛偽與客套。

派爾吾友：

我在醫院時就想給你寫信，為那晚的事向你道謝。你確實救了我，讓我免於一個不爽快的下場。現在我已經可以靠拐杖行走。顯然我骨折的地方恰到好處，我的骨骼尚未老化易碎。改天我們一定聚聚慶祝。」（走筆至此我戛然而止，然後像遭遇阻擋的螞蟻，改道繞過去。）「另外，我還有一件事要慶祝，我知道你也會為此事高興，因為你常說鳳的利益是我們倆的共同願望。我回來時發現我妻子的信已在家等我，她大致已同意與我離婚，因此你再也不必為鳳擔憂。

這是一句殘忍的話，但我一時沒有發覺，寫完重讀一遍時雖覺察到，又覺不便塗改。如果只是劃掉，不如整個撕掉算了。

「你最喜歡哪一條圍巾？我喜歡黃色那條。」鳳說。

「對，黃色那條。去旅館那裡，替我寄出這封信。」

她看到信封上的住址說：「我可以直接幫你送去公使館，可以省郵票錢。」

「還是郵寄比較好。」

然後我躺下，鴉片使我漸漸鬆弛，我猜想，至少她不會在我走之前離開我，而且，也許明天，也許多抽幾管鴉片以後，或者可以想出留下來的方法。

2

常態的生活繼續著——許多人因此得以保持理性。正如同空襲無法使人長期緊張，在整日例行工作，偶爾爭執，案牘勞形等等一連串轟炸之下，個人的懼怕為之遺忘良久。為了即將來到的四月，即將告別印度支那，即將面臨失去鳳之後的黯淡未來而產生的憂懼，在心中的分量變輕了；取而代之的是每日的公事電報，越南新聞的戰報，以及我那印度助手的生病。這位助手叫杜敏克斯，他從家鄉印度的臥亞經孟買來到這裡，他代替我出席較不重要的記者會，代替我的耳朵，注意各類耳語謠言，還負責把我的文稿送去受檢和拍發電報。他靠印度商人的幫助，尤其在北部，海防、南定、河內等地，建立起屬於他個人的情報網，目的是為我提供情報，我想他對東京三角洲內越盟大軍的部署位置，比法軍指揮當局知道得還更精確清楚。

我們從不使用我們獲得的情報，除了寫新聞，也從不向法國情報部洩漏，因此他得到幾位藏匿西貢堤岸市的越盟間諜的信任和友誼。因為他是亞洲人，雖然名字不同，卻還是方便不少。

我喜歡杜敏克斯，因為其他人的驕傲就像已經爛到表面的皮膚病，輕觸都不行，而杜敏克斯將驕傲藏得很深，而且已少到我想沒有人能辦到的最少程度。你每天與他接觸所感到的就是溫和，謙卑和對真理的絕對喜愛；見到他你會願意和他結婚而與驕傲離婚。也許真理與謙卑是不可分的，多少謊言因驕傲而生，在我的職業中有報導者的驕傲，渴望自己琢磨出比別人更好的故事。但是杜敏克斯幫助我不去在乎。對所有本國拍來的那些責問我的電報——為何不掩飾哪個故事或為何不掩飾對哪個人的不實報導，我因此一概置之不理。

他現在一病倒，我才發覺我欠他太多——他甚至隨時注意我車子的油箱是否裝滿，對我的私生活他從不介入，也從不置喙，多看一眼。我相信他是天主教徒，但除了他的名字，他的出生地，我沒有別的證據。我自他的談話中得知，他可能曾拜過奎師那，或曾每年一次前往黑風洞朝聖。現在他的病好像是對我的恩賜，使我暫時忘卻私事的苦惱。我必須親自參加那些煩人的記者會，必須拐著腳往大陸飯店與同行閒聊。可對於辨別真偽，我的能力還不及杜敏克斯，因此我養成每天晚上去探望他的習慣，與他一起討論白天聽到的事。有時他的印度朋友在，坐在他狹窄的鐵床邊。他的住處只是那種小屋子裡的一個隔間，座落在加里厄尼大道旁破敗的小街道上。他總是挺直的坐在床上，雙腿緊盤一處，以致於你不覺在探望病人，反倒像被一個印度領主或教士召見。有時候他燒得厲害，臉上冒汗，但他的頭腦照樣清晰，好像病的是別人的身體。他房東太太在他旁邊放了一瓶新鮮萊姆汁，但我從沒見他喝過，也許他怕喝了就等於承認他的身體口渴，承認他的身體病了。

在我去看他的那些日子中，有一次印象極深。我已不再問他身體是否好些，怕他以為我在責怪他，反過來倒是他時時關心我的健康，並為我得爬那段樓梯感到抱歉。然後他說：「我想要你去見我一位朋友，他有個故事你該聽聽。」

「哦？」

「我已寫下他的名字，我知道你記中國名字很吃力。當然，我們別洩漏這名字。他在美荻碼頭的一個廢鐵倉庫。」

「很重要嗎？」

「也許是。」

「能不能先講個大概。」

「我希望你直接聽他說，事情有點怪異，我不太懂。」汗水自他臉上滾落，但他全不在乎，好像那汗點是有生命的，神聖不可觸摸，在他體內有很強的印度教精神，連一隻蒼蠅的生命他都不稍加威脅。他說：「你瞭解你朋友派爾多少？」

「不多，我們想法不同，就這樣。自從西寧見過就沒再碰過面。」

「他做什麼工作？」

「經濟援助團，但那個單位包裝一大堆壞事。我猜他對國內工業感興趣——我看跟某個美國商業有關聯。我不贊成他們一面鼓勵法國繼續打仗，一面從中謀取商業利益。」

「幾天前一些國會議員來訪，赴美國公使館的邀宴，我聽到他在會中提出報告，他們指派他向議員們做簡報。」

「天主教救國會，」我說，「他到這裡還不滿半年。」

「他談到舊殖民勢力——英國和法國，說你們兩國如何妄想贏得亞洲人的信任，那正是現在美國人以乾淨的手介入之處。」

「還有夏威夷，波多黎各，新墨西哥。」

「然後有人問他一個老問題，現有的政府對擊敗越南獨立聯盟的勝算多少，他說有個第三勢力可以達成任務，總可以找到一個第三勢力，既反對共產主義，又不受殖民主義污染的——國家民主主義，這是他說的名稱，他說只要找到一個領導人，保障他的安全，免受舊殖民勢力危害即可。」

「這全都是約克．哈定的說法。」我說，「他來這裡之前先讀過約克．哈定的書，來這裡的第一週說的就是這些話，到現在他沒什麼長進。」

「他可能已經找到他要的領導人。」

「這件事嚴重嗎？」

「我不知道他怎麼做。不過你可以去美荻碼頭，去跟我的朋友談。」

我回卡提拿街的家，留了一張字條給鳳，然後開車經過港口，這時太陽已西落，河堤上排出桌子椅子，臨時爐灶上火燒湯滾，海軍的灰色小船停泊河道上。薩姆大道邊，理髮師正在樹下忙著理髮，算命仙靠牆蹲踞地上，幾盒骯髒的算命牌置於前方。堤岸市是個與眾不同的城市，日落似乎才是一天工作之始，而非結束，車子駛入其中就像駛進巨大的默劇舞臺，無數狹長垂直的中文招牌，燦亮的燈，人群好似臨時演員，直至將你引入劇場包廂，然後忽然一切俱寂，闃靜一片，另一包廂又引我到河邊，河中舢板成堆，岸上有座倉庫，黑暗中張著巨形大口，那裡沒半個人影。

其實找到這個地方費了我很大工夫，也可說是意外。倉庫的門開著，暈黃光線下我看到畢卡索式的怪異廢鐵堆：舊床架、舊浴缸、煙灰盆、汽車引擎蓋，燈光掠過的褪色斑紋。我走進鐵堆間曲折狹窄的小徑，喊叫周先生，但都沒人答應。至倉庫盡頭，有一條梯子往上通，我想上面可能是周先生的住處，杜敏克斯曾指點我走後面，原來有其道理。整條梯子直條橫檔竟也用廢鐵製成，或許總有一天，在這鳥窩一般的屋子裡，這些廢鐵片都會派上用場。這間築在高臺上的屋子，裡面只有一大間，一大家族人坐臥其中，氣味很像一頂隨時可收起來的帳篷。小茶杯丟得到處都是，還有一大堆硬紙箱，滿滿裝著不知何物，還有許多綑好的手提箱。有個老太太坐在一張大床上，有兩個男孩，兩個女孩及一個小嬰兒滿地爬。三個中年婦人都穿著陳舊的棕色農人衣褲，角落兩個老人穿藍色絲質中國式短褂，他們正在玩麻將，根本沒注意到我，他們打得很快，一摸就知是什麼牌，洗牌聲音之大就如海浪沖刷小石子。沒有哪個人注意我，除了隻貓躍上一個紙箱，一隻瘦狗嗅嗅我，然後走開。

「周先生？」我問，有兩個女人搖頭，但還是沒人理睬我，除了其中一個女人洗了個茶杯，自茶壺裡倒茶，那個茶壺放在一個內襯絲棉的盒子裡保溫。

我在老婦人旁的床頭坐下，一個小女孩端茶給我，這好像表示我已經被這個團體接納，就像那隻貓和狗一樣，也許這兩隻動物也如我般，第一次偶然來此。小嬰孩爬到我腳下拉我的鞋帶，沒有人喝阻他，在東方沒有人叱責小孩。牆上掛著三幅廣告月曆，每一幅有一個美女，穿著漂亮的中國服飾，美女雙頰胭脂鮮紅。

此外，牆上還有面大鏡子，叫人忖度不透的是，鏡面上以法文寫著「和平咖啡店」幾字——也許這面鏡子是在某種偶然的情況下，被困在這個破爛的舊貨堆裡，而這又與我一己心境非常吻合。

我慢慢啜飲那杯綠色苦茶，為免燙手，不時將無把手的茶杯左右換手。我心想不知得等多久。我再一次以法文問他們周先生大約何時回來，但沒人回答我，他們可能聽不懂。當我的茶杯空了，他們又給我添滿，然後繼續做他們各人的事：一個女人在燙衣服，一個女孩在縫紉，兩個男孩正做功課，老太太則望著她的腳——那是老式中國婦人的小腳。那隻狗望著貓，貓還待在紙箱上。

我體會到杜敏克斯為維持清苦生活所做的工作有多艱辛。

一個瘦弱至極的中國人進來。他瘦得似乎不占空間，薄得就像餅乾罐邊上那層防油紙。他身上唯一較有厚度的就是那套條紋法蘭絨睡衣。

「周先生嗎？」

他看看我，那是抽鴉片的冷漠眼神。他的臉頰凹陷，手腕像小嬰兒，胳臂像小女孩。要瘦到像他這種尺寸，得長年大量吸鴉片。

我說：「我的朋友杜敏克斯先生說您有事要指點我。您就是周先生嗎？」

對，是的，他說：他是周先生，並禮貌地揮手要我仍然坐下。我看得出他裝滿鴉片煙氣的腦殼裡已容不下我來訪的目的。我要不要喝茶？他對我的來訪深感榮幸。又一杯茶在地上倒好送到我手中，燙得像一顆紅炭——茶的苦刑。我對他說他有一個好大的家庭。

他微露驚訝地環顧一圈，好像他從沒有仔細看過。他說：「我母親，我姊姊，我叔叔，我哥哥，我小孩，我姑媽的小孩。」

地上的小嬰兒打了個滾離開我的腳邊，仰天躺著，亂踢亂抓。我猜不出這麼小的娃娃是誰的，在場的女人不是太小就是太老，不可能生出他。

我說：「杜敏克斯告訴我這事很重要。」

「啊，杜敏克斯。杜敏克斯還好吧？」

「他生病了，一直發燒。」

「現在是容易生病的時節。」

我不相信他還記得杜敏克斯是誰。他開始咳嗽。他的睡衣掉了兩粒扣子，因此他咳嗽時可見綳緊的皮膚敲鼓似的咚咚作響。

「你也該去看看醫生。」我說。又一個人從外面來到我們之間——我沒聽見他進來。是一個年輕人，穿著整齊的歐式衣服。他用英文說：「周先生只有一個肺。」

「真抱歉——」

「他一天抽一百五十管鴉片。」

「聽起來可真不少。」

「醫生說這對他身體不好，但周先生抽了鴉片才覺得快樂。」

我嗯哼一聲表示理解其中道理。

「容我自我介紹，我是周先生手下的經理。」

「我叫弗勒，杜敏克斯要我來此，他說周先生有事要告訴我。」

「周先生的記性衰退得很厲害。你要不要喝杯茶？」

「謝謝，我已喝了三杯。」這種對話真像會話課本裡的問答練習。

周先生的經理拿過我手中的杯子，交給一個女孩，那女孩把杯中殘渣倒在地上，再沖滿茶葉。

「茶已不濃了。」周先生的經理說著就端起那杯茶自己嚐了嚐，然後把杯子仔細地重洗一遍，然後再從第二個茶壺倒了一杯給我。「這一杯濃些了吧？」

「濃多了。」

周先生清了清喉嚨，但他不過向痰盂罐吐一大口痰罷了。那個白鐵痰盂周圍有粉紅色花朵的飾紋。小嬰兒在方才倒在地面的茶渣上打滾，那隻貓從紙箱躍至手提箱上。

「也許你跟我談還更好一些。」那年輕人說，「叫我韓先生。」

「如果你願意告訴我——」

「我們去下面的倉庫，那裡比較安靜。」韓先生說。

我向韓先生伸手，他用雙手握著我，一臉迷惑，並向擁擠的周遭看了看，好像想為我找一個位子坐。當我下樓時，那掏洗石子似的洗牌聲漸漸變弱了。

韓先生說：「小心，梯子最後一級掉了。」他用手電筒引導我。

我們回到一堆堆床架浴缸之間，韓先生拐進靠邊的一條通道，走了大約二十步，然後停下來，把光照向一個鼓狀的小鐵桶。他說：「你有沒有看見？」

「那是什麼？」

他把那東西翻轉過來，上面有商標，寫著「戴渥勒克登」的字樣。

「我還是不懂。」

他說：「我這裡有兩個這樣的鐵桶，這是從潘萬茂先生修車場的廢物堆中撿出來的。你認識那個人嗎？」

「不認識，我想不認識。」

「他太太是戴將軍的親戚。」

「我還是不懂——」

「你知不知道這是什麼？」韓先生問，彎腰提起一條像芹菜梗狹長彎曲的東西，在手電筒照射下閃閃發光。

「可能是固定浴缸的東西吧。」

「這是一個模子。」顯然他是個喜歡賣關子逞能的煩人角色，故意延宕答案以顯示我的無知。

「你懂不懂我說的模子是什麼意思？」

「懂，當然懂，不過我還是無法——」

「這個模子是美國製的，戴渥勒克登是一個美國的商標牌子，你開始懂了吧？」

「坦白說，不懂。」

「這個模子有瑕疵，所以才被丟棄，但按道理不應該與別的廢物一起丟棄——鐵桶也一樣，那是他們的疏忽，事後潘先生的經理親自來這裡，我沒把模子找出來，只讓他拿一個鐵桶回去，我說我只有那個鐵桶，他說他要用這些鐵桶裝化學藥粉。當然，他沒有提起模子——他若提起模子就很難自圓其說了——但他真的找了好久。潘先生後來還親自到美國使館找派爾先生。」

「你似乎有一個不賴的情報網。」我說。但對事情的全貌我還是摸不出頭緒。

「我請周先生與杜敏克斯先生聯絡。」

「你的意思是你已在派爾和將軍之間建立起某種消息管道。」我說，「迷你型的，不過，反正這已不是新聞，這裡人人都在搞情報。」

韓先生以腳跟蹬了那個黑色鼓狀鐵桶，第二聲回音自廢床架間反射過來。他說：「弗勒先生，你是英國人，你是中立的，而且向來以公正對待我們大家，如果我們中有些人強烈傾向某一邊，你應該會同情我們。」

我說：「如果你在暗示你是共產黨，或越盟分子，你不必擔心，我也不會被嚇到，我沒有政治色彩。」

「如果西貢這裡發生任何不愉快的事，我們就會受到指控。我們的委員會希望你得到正確的觀點，這就是為什麼我現在讓你看這個和這個。」

「戴渥勒克登是什麼意思？」我說，「聽起來像是濃縮奶粉。」

「是與奶粉有點像。」韓先生以手電筒照鐵桶裡，桶裡有薄薄一層灰塵一樣的白色粉末。「這是一種美國塑膠。」他說。

「我聽到謠言說派爾進口塑膠做玩具。」我合起模子仔細端詳，企圖想像出東西的形狀，因這不是東西的實際模樣；這像是鏡子裡的影像，是與實物相反的。

「這不是做玩具的模子。」韓先生說。

「很像不完整的鐵管。」

「形狀很不平常。」

「我看不出究竟是塑什麼東西用的。」

韓先生轉身離去，同時說：「我只要你記得你所看見的。」他邊說邊走回廢物堆的暗影，「也許有一天你會因某種原因報導這件事，但你不能說在這裡看見鐵桶。」

「模子也不能說？」我問。

「模子尤其不可說。」

3

第一次與救（一般人都用這個字）過你命的人見面不是件容易的事。我在軍醫院養傷時未見派爾來過，他保持沉默不露臉，並不費解（因為他比我更敏感，更怕窘）但卻使我毫無理由地擔憂，因此在晚上安眠藥安撫我入睡之前，我會想像他上樓，敲門，最後睡在我的床上。這樣想像對他是不公平的，所以良心上我有罪惡感，加上那封信，使我的罪惡感更深。（是哪個遠古人類的始祖遺傳下這種愚蠢的良心？這些始祖在他們的舊石器世界裡擄掠殺人時顯然並未受到良心的拘束。）

有時我疑慮不定，要不要邀請我的救命恩人吃晚飯？或是提議一起到大陸飯店的吧檯喝一杯？這是一個不尋常的問題，也許看你如何評估一條命：一頓飯，一瓶酒，還是一杯雙份威士忌？這件事困擾我好幾天，直到問題讓派爾自己解決為止。他來到我的門外叫我。因為早上我努力鍛鍊我的傷腿而精疲力竭，整個炎熱的午後我都在睡覺，沒聽到他喊門。

「湯瑪斯，湯瑪斯！」他的叫聲掉進我的夢裡，我走在一條沒有人影的漫長道路上，找不到一條可以轉彎的叉路，道路像迴轉的錄音帶，不斷延展，如果不是有聲音闖入，那種劃一的單調將不改變。起先那聲音像來自瞭望塔的痛苦呻吟，然後突然變成對我說話的聲音。「湯瑪斯，湯瑪斯。」

我喘著氣說：「走開，派爾，別靠近我，我不要這條命了。」

「湯瑪斯，」他敲我的門，但我躺著裝死，就像我回到了稻田，他是敵人。突然我發覺敲門聲停止，有人在門外低聲說話，有人對答。耳語是危險的，我聽不出說話的是誰，於是我小心地下床，靠著拐杖支撐，我走到另一間房的門邊。也許我走得太慢，他們聽到了，因為外頭靜默下來。靜默，像爬藤的植物，伸出卷鬚，從門底下鑽進來，並布滿葉子在我所站的房間裡。這是我不喜歡的靜默，為了驅走它，我猛地把門打開，鳳站在走道上，而派爾的手則放在鳳的雙肩上。從他們的神情看來，他們可能剛從擁吻中分開。

「啊，進來吧，」我說，「進來吧。」

「我敲門半天你都沒聽見。」派爾說。

「起先是我睡著了，後來醒了我不想起來，但現在既然起來了，那就進來吧。」我用法文對鳳說，「妳從哪裡把他找來的？」

「就在這裡，在這走道上。」她說，「我聽到他敲門，所以上樓開門讓他進來。」

「坐吧，」我對派爾說，「要不要喝點咖啡？」

「不坐，我不想坐，湯瑪斯。」

「我得坐下，這條腿累了。你收到我的信嗎？」

「收到了，你不該寫那樣的信。」

「為什麼？」

「因為滿紙謊言，我一直相信你，湯瑪斯。」

「在牽涉到女人的情況下，你不該相信任何人。」

「那從此以後你就不必相信我，我會趁你不在的時候溜進來，我用打字的信封寫信。也許我在長大，湯瑪斯。」但他的聲音裡含著哽咽，他的表情比往常更稚嫩。他又說：「你就不能不靠說謊取勝嗎？」

「不能，這是典型歐洲式的偽裝。我們不得不用些方法彌補，因為我們缺乏本錢。不過，我一定是露出破綻了。你究竟是怎麼拆穿我的謊言？」

「是她姊姊，」他說，「她姊姊現在在喬那邊工作，不久前遇到她，她知道你已奉調即將返國。」

「哦，這樣。」我鬆了一口氣，「鳳也知道這件事。」

「你妻子的信呢？鳳也知道嗎？她姊姊看過那封信了。」

「怎麼會？」

「昨天她來這裡找鳳，你不在，鳳把信拿給她看，你騙不了她，她懂英文。」

「原來如此。」我沒有理由生任何人的氣——理虧的是我自己，鳳拿信給她姊姊看可能只為了作一番炫耀，根本不是懷疑我。

「這一切妳昨晚都已知道了？」我問鳳。

「對。」

「昨晚我只覺得妳很沉默，」我伸手摸著她的手臂說，「按常理那時妳該會火冒三丈，但妳是鳳，妳不冒火。」

「我必須想一想。」她說。我憶起她初到卡提拿街與我同住時，我晚上醒來，聽到她不規則的呼吸聲，知道她沒有睡著，我就抱她進懷裡問她：「做惡夢？」那時她受惡夢的折磨，但昨晚她對我的要求搖頭拒絕，背對著我，我用腿去頂住她——這是性交過程的第一步。那時候我都沒有發覺有什麼事不對勁。

「你能不能解釋一下，湯瑪斯，為什麼——」

「實在太明顯了，我要保住她。」

「不管她的損失有多大？」

「當然。」

「那不是愛。」

「也許不是你那種愛吧，派爾。」

「我要保護她。」

「我不保護她，她不需要保護。我要她在我身邊，我要她睡在我床上。」

「即使違背她的意願？」

「她不會違背意願留在這裡，派爾。」

「從此以後她不可能再愛你。」他的想法就是這麼簡單。我別過臉去找鳳，她已進到裡面的臥室把我睡皺的床單拉平，然後從書架上取出她一本附插圖的書，坐在床上看了起來，好像她與我們的談話內容無涉一般。我知道她看的是什麼書——紀錄女王一生的攝影集。雖然從我這裡看過去是顛倒的，我看到馳往西敏寺的莊嚴皇家馬車。

「愛是一個西方的字眼，」我說，「我們用這個字以發洩我們的濫情，以遮掩我們對某個女人的迷戀。這裡的人，沒有這種迷戀的痛苦。你會受傷，派爾，如果你不小心。」

「如果不是因為你的腿傷，我早就揍你一拳。」

「你應該感激我——還有鳳的姊姊，當然。你現在可以毫無顧忌的做了——有些方面你是很小心的，不是嗎？除了有關塑膠的事。」

「塑膠？」

「我祈求上帝，希望你知道你在搞什麼。唉，我知道你的動機是好的，很多事情動機總是好的。」他的神情顯得困惑和狐疑。我繼續說道，「有時候我倒情願你生些壞動機；那樣你可能對人心會有多一點瞭解，這句話對你的國家也很適用，派爾。」

「我要讓她過體面的生活。這個地方——什麼味道都有。」

「我們點一柱香就可以驅散氣味。我想你準備買給她一個大冰箱，一輛給她專用的車，一架最新型的電視機……」

「還有讓她生孩子。」他說。

「漂亮的美國小公民已經等不及出來作證了。」

「那你將給她什麼？你又不會帶她回國。」

「不帶，我沒那麼殘忍。除非我能付得起她的回程票。」

「你只把她當作安慰你肉體的女人，直到你離開。」

「她是一個完整的人，派爾，她有能力做決定。」

「靠一些假消息，要叫一個小孩子做決定。」

「她不是小孩，她比你打娘胎到現在更堅強。你知不知道有一種刮不破的亮光漆？鳳就是。她比我們許多人更耐摧折。她會變老，如此而已。她會受生育、飢餓、寒冷、風濕症之苦，但她絕不會像我們受思想、迷念之苦——她不會被刮傷，她只會老朽而已。」

但就在我發表高論並望著她翻書（那頁是包括安妮公主在內的全家福）的同時，我知道我也像派爾一樣，是在創造一個人物。沒有一個人能瞭解一個人；因為我唯一知道的就是她像我們所有的人一樣驚怕，她沒有表達的天分，如此而已。我想起那受煎熬的第一年，那時我多麼熱情地想瞭解她，我乞求她告訴我她在想什麼，對她的一再沉默，我所升起的無名怒火把她給嚇壞了。甚至我也曾用慾望當作武器，好像只要把劍一插入犧牲者的子宮，她就會失去控制而開口說話。

「你已說夠了，」我對派爾說，「該知道的你也都已經知道了，請走吧。」

「鳳！」他叫喊。

「派爾先生叫我？」她從溫莎堡的鑽研中抬起頭來問，神情快樂而安定。

「他欺騙妳。」

「我不知道。」

「哦，你滾吧，滾去找你的第三勢力，找你的約克．哈定，找你的民主的角色，滾去玩你的塑膠遊戲吧。」

後來，我必須承認，他果真照我的話一字不漏的都做到了。

第三部

第一章

1

派爾死後約兩星期，我又遇到維格。我走在查納大道上時，他從「克勒伯」裡面叫我。克勒伯是一家飯店，安全警察最愛在這飲酒吃飯（他們對討厭他們的人總擺出挑釁的姿態），他們在一樓，而一般客人則在樓上吃喝，游擊分子的土製炸彈丟不到樓上。我走去和他坐在一起，他為我叫了一杯苦艾酒。「賭這杯酒。」

「隨你的便。」我摸出我的骰子，賭那裡當時流行的四二一點。往後不知過了多久，只要看到骰子和骰子上面的點數，印度支那的戰爭歲月就會重回我的腦海。不論世界的哪個角落，只要看到有兩人拿骰子賭博，我彷彿以為回到河內或西貢的街上，或立於發豔的斷壁頹垣中。我就看過塗抹得怪裡怪氣，偽裝得像條蟲豸的傘兵，沿著溝渠在搜索。我也聽到迫擊砲聲聲逼近，也許還看到小孩的屍體。

「凡士林不夠。」他說，同時擲出一個四—二—一。他把最後一支火柴推到我面前。猥褻的粗話掛在嘴邊是警察賭博時的共同特徵，也許維格是始祖，他的部下警官繼承衣缽，但他們沒有學維格讀巴斯卡。「少尉。」每輸一局升一級官階，遲早你會成為上校，做到將軍。他又贏了第二局，當他數火柴的時候說：「我們找到派爾的狗。」

「是嗎？」

「我想這狗不願意離開主人的屍體。總之，喉嚨被劃開，倒在五十碼外的泥地裡。也許牠自己掙扎爬行了一段距離。」

「你還不放棄？」

「美國公使一直煩我們。感謝天主，如果法國人被殺就沒這麼麻煩。那種案子根本算不得什麼。」

我們開始賭火柴——這時賭局才真正緊張起來。不可置信維格很快又擲了個滿點四—二—一。他的火柴減少到三根，而我擲了個不能再小的點。「肏他娘的爽。」維格說，他又推過兩根火柴。當他脫手最後一根火柴時說了聲「將軍」，我就叫酒保送酒過來。

「有人曾贏過你嗎？」我問。

「不多，你要不要報仇？」

「下回再說吧。你真是高手，維格，你還玩不玩別種靠手氣贏的賭博。」

他苦笑了一下。不知為什麼我忽然想起他那一頭金髮的妻子，據說她背叛他，搭上他手下一個小警官。

「哦，真要說的話，」他說，「不管賭什麼總有個最大的賭注。」

「最大的？」

「『讓我們評估得失，以天主的存在作注。』」他引經據典說道，「『讓我們估計兩者的勝算，倘若你贏，你得到一切；如果你輸，你毫無損失。』」

於是我也引用巴斯卡的一段話回敬他——我唯一記得的一段話：「『無論賭銅板的正面或反面都是錯誤，二者皆非，真正的贏家什麼注也不押。』」

「『不錯，但你還是得押，你別無選擇，你已淌進混水。』你守不住自己的原則，弗勒，你整個都已押出去了，和所有其他人一樣。」

「宗教方面我就不同，我是自由身。」

「我說的不是宗教。」他說，「其實上我是在想派爾的狗。」

「哦。」

「記不記得你對我說的——就是在狗的腳爪上找尋線索，分析那上頭的泥土等等？」

「然後你說你不是神探馬戈或雷考克。」

「但我也不是太差，」他說，「派爾出去的時候通常都帶著那條狗不是？」

「大概是。」

「是因為太值錢的緣故不放心牠走失？」

「不是很保險，在這個地方有人吃狗肉不是？」他把骰子放進口袋。「我的骰子，維格。」

「哦，抱歉，我正想事情。」

「你為什麼說我已經押下去了？」

「你最後一次看到派爾的狗是什麼時候？弗勒。」

「天知道。我的約會紀錄簿中沒有跟狗見面的項目。」

「今晚你幾點到家？」

「我還不一定。」我從來不喜歡提供消息給警方，免他們勞駕。

「我想——今晚——順便繞去你那裡一下。十點好嗎？如果只有你一個人在家的話。」

「我會叫鳳去看電影。」

「你跟她之間的事又好了。」

「是的。」

「奇怪，在我印象中你——嗯——很不快樂。」

「這其中當然有各種可能的理由，維格。」我不客氣又加了一句：「你該要知道。」

「我？」

「你自己也不是個很快樂的人。」

「噢，我沒什麼可抱怨的。『頹屋無痛苦』。」

「那是什麼話？」

「還是巴斯卡。這是為痛苦驕傲的辯詞。『樹木無痛苦』。」

「出於什麼使你吃上條子這行飯。」

「很多原因。為了生活，為了滿足對人的好奇，還有——對，那也算——因為喜歡偵探小說始祖加伯黎奧。」

「也許你應該當傳教士。」

「之前我沒機會接觸這些聖書。」

「你是不是還懷疑我？涉及這事？」

他站起來，把剩下的苦艾酒喝完。

「我只想跟你談談，如此而已。」

他轉身離去後，我回想他看我的神情，其中有同情的意味，好像看著一個被他逮到並因而被判了死刑的囚犯。

2

我受到懲罰。自從那天派爾自我住所離開，我像被他判了苦刑，幾個星期下來我一直輾轉生活於不安之中。每當我回家，就懷著大難臨頭的預期心理。鳳有時不在，我發現直到她回來我無法安心做任何事。她一回來我就問她去哪（我的語氣故意帶著焦躁和懷疑），有時她辯稱去市場或商店，且以一些小玩意作證（她為一己證明時態度之從容，看來也彷彿很不自然），有時候她說去看電影，以票根為憑，有時去找她姊姊——我相信她去那裡就是去見派爾。那些日子我狂暴與她性交，好像我恨她，與她有仇，其實我真正恨的是我的未來；每晚我與寂寞相擁而眠，我摟著寂寞同寢。其實鳳並沒有變：她還為我做飯，為我裝鴉片，順服嬌嗔地呈上身體供我取樂（但我已不知其樂）。就如我與她相處初期，那時我要她的心，現在我要讀出她的思想，但她的思想躲在我不懂的一種語言裡。我不想逼問她，我不想逼她說謊（只要沒有脫口，謊言尚未浮上臺面，我們仍可以像以前一樣，相處沒有芥蒂），但我的焦慮突然突破我的防線，問道：「妳什麼時候見過派爾？」

她在猶豫——或是她真的在回想？然後她說：「上次他來這裡的時候。」

我開始——幾乎不自覺的——對有關美國人的一切事物表示輕蔑。我在言談中總說些美國文學的貧乏、美國政治的醜聞、美國小孩缺乏教養之類的話題，好像要把鳳奪走的是一個國家，而不是一個人，美國所做的事沒有一件是對的。我不斷批評美國，因此我成為一個人人嫌惡之人，連本就對美國反感的法國朋友也不例外。彷彿我被背叛——但如果本來是敵人，也就談不上什麼背叛了。

就在那時候西貢發生腳踏車炸彈慘案。我從帝國酒吧回到家，家裡沒人（她去看電影？還是去她姊姊家？），我發覺有一張從門縫塞進來的字條。字條是杜敏克斯寫的，他為生病還沒好感到抱歉，並要求我第二天早上十點三十分到查納大道轉角大商店的店門外，他說是受周先生所託轉告，但我懷疑更可能是韓先生要見我。

事情結果值得一寫的篇幅不過一小段，很有趣的一小段。這是一件芝麻小事，如果比起北部的慘酷戰事，發黴的溝渠，暴屍數日的灰色屍殍，隆隆砲聲，和汽油彈的白色烈焰。我在查納大道轉角一個鮮花攤旁約等了十五分鐘，一輛滿載警察的卡車從卡提拿街的安全警察總局開過來，一陣剎車尖嘯和橡皮輪胎磨擦聲。車上的人全部跳下來並衝向商店，那種架勢很像要鎮暴，但實際並無群眾聚集，只有一排供停放腳踏車的木柵。在西貢每一棟大建築物四周都有這種木柵，沒有一個西方的大城市有這麼多騎腳踏車的人口。在我還沒調好相機前，這可笑不可解的行動已完成了。警察們衝進腳踏車陣，然後我看到有三輛車被他們舉到頭頂，帶到街上丟進噴水池裡。我還沒來得及攔下一個警察問問，他們已衝回卡車，向布納大道急馳而去。

「腳踏車行動。」後面有個聲音說，原來是韓先生。

「這是什麼？」我問，「演習？演習什麼？」

「再等一會。」韓先生說。

幾個閒逛的路人走近噴水池，池中有個輪子像浮標般伸出水面，像在警告來往船隻不要觸及下面的沉船。有一個警察穿越馬路，邊喊邊揮手。

「我們去看看。」我說。

「最好不要。」韓先生說，他並看了看錶，時針在十一，分針在四的地方。

「你的錶快了。」我說。

「它總是越走越快。」就在那一刻噴水池爆炸，波及整個人行道。噴水池裝飾頂蓋的小碎片擊中一面窗子，玻璃如雨幕閃光落下。沒有人受傷。我們把衣服上的水和玻璃抖掉。有一個腳踏車的車輪在路上陀螺似的急轉，搖晃，最後停止。「現在應該剛好十一點。」韓先生說。

「這究竟——」

「我想你會有興趣，」韓先生說，「我希望你感興趣。」

「來喝一杯？」

「不，抱歉，我必須回周先生家去，但先讓我給你看樣東西。」他帶我到腳踏車停車場，打開他的腳踏車鎖。「仔細瞧。」

「萊雷牌。」我說。

「不是，看這打氣筒，你有沒想起什麼？」他邀功般對我微笑，我卻一臉困惑。然後他推車離去，最後他回頭向我揮了揮手，上車往堤岸市，向他的廢物倉庫騎去。

我去安全警察總局探消息，我在那裡想通韓先生的啞謎。我在他倉庫看到的模子，像是半邊打氣筒的外模。那天全西貢所有腳踏車的打氣筒全成了塑膠炸彈，並全在十一時爆炸，除了這些警方預知有爆炸（我懷疑是韓先生放的消息）而有所行動。不過整體來說還是小意思——爆炸十處，輕傷六人，天知道幾輛腳踏車炸毀。我的同業，除了《遠東日報》記者稱此為「暴力事件」，其餘都知道，要刊登只有以嘲弄的方式處理這題材才行。「腳踏車炸彈」是很好的新聞標題。他們全都歸咎給共產黨。記者中，我是唯一提及事情部分為戴將軍所指使，但我的報導還是被竄改了。戴將軍沒有新聞價值，不能為他浪費版面。我經由杜敏克斯轉告韓先生，我很抱歉，我已盡了力。韓先生慎重而禮貌地給了我回話。我發覺他或他的越盟委員會對這件事太敏感；沒有人認真的因這件事反擊共產黨。真的，如果共產黨只做這樣的事，他們反倒可以贏得具有幽默感的美名。人們在聚會中說：「下回他們會玩什麼花樣？」而整個事件之荒謬，我覺得以大道中央轉得起勁的那個車輪為代表。我甚至沒有向派爾提及，我聽說他與戴將軍有聯繫的事。讓他去玩那無害的塑膠，那樣他可能無心去想鳳。即使如此，有天傍晚我碰巧在那附近，又沒更好的事可做，我彎進去造訪潘先生的修車廠。

那是狹小凌亂的地方，與廢物倉庫不相上下，位置在薩姆大道。場地中央有一輛轎車，讓千斤頂頂起來，車子的引擎蓋張開著，很像開口的史前怪獸模型，放在一個沒有人參觀的地方博物館裡。我不相信有人會記得哪裡有一間修車廠。鐵塊和舊紙箱棄置一地——越南人捨不得丟棄任何東西的情形尤甚中國人，中國廚子可將一隻鴨子分製七道菜，即連腳爪也上。我想不通何以有人如此浪費，丟棄鼓狀鐵桶和報廢的模子——也許是其中哪個雇工偷出來賣幾個錢；也許是精明的韓先生賄賂其中的某些人。

彷彿沒有半個人影，因此我逕自走進去。我想，也許他們暫時避開一陣子，免得警察找他們。很可能韓先生與安全警察局有所聯繫，但即使那樣警方也不太可能追究，以他們的觀點，讓民眾認為炸彈是共產黨放的豈不是更好。

水泥地上除了那輛車和許多廢料以外看不到別的東西。真難想像這樣的修車廠如何造得出炸彈。我不清楚我曾看過的白色粉末如何製成塑膠炸彈，但我確信其中過程必定相當複雜而不可能在此完成。這裡連門外街道旁那兩個汽油幫浦都可憐兮兮被冷落一邊。

我站在門口向街上望去，大道中央幾棵樹下幾位理髮師正給客人理髮；樹幹上掛的一塊鏡子反射出耀眼的陽光。一個女孩頂著一頂軟帽匆匆走過，肩上還用扁擔挑著兩個籃子。那個算命先生蹲靠在「西蒙兄弟」的牆腳，並找到了一個顧客，是一個老人，留了一撮胡志明式的鬍子，平靜地望著算命先生洗翻翻牌，那是一副古老的算命牌。他的未來還有什麼可能值得花一個越幣去算？在薩姆大道，生活是公開的；這裡人人都知道潘先生的情況，但警方卻缺少一把打開他們隱私的鑰匙。這是一種生活層面，在這種生活層面裡每一件事大家都知道，但欲踏入這個層面卻不如踏上街道那麼輕易，我想起蹲踞公用廁所邊露臺上扯淡的老嫗，她們也聽聞每一件事，但我不知道她們究竟瞭解什麼。

我回到修車廠，走進後面一間小辦公室，裡面掛著常見的中國廣告月曆，一張書桌桌面凌亂——一些價目表，一瓶膠水，一架計算機，一些紙夾，一個茶壺，三個茶杯，很多未削的鉛筆，還有一張不知怎地出現此處的空白艾菲爾鐵塔風景明信片。約克．哈定可能善以生動而抽象的字眼推銷第三勢力，但這裡就是真正的實況，就是眼前所見的這一切。背後牆上還有一道門，門上了鎖，但鑰匙就擺在書桌上，在鉛筆堆中，我打開門走進去。

門內是修車場大小的庫房，其中放置一架機器，初見那架機器像是以圓鐵條和鐵絲組成的籠子，無數橫檔固定住某種無翼的大鳥，這東西給人以破布捆包的印象，但其實那些破布大概是被用來擦拭什麼東西，潘先生和他的助手們就在那持候被人叫走。我發現製造者的名字——里昂的某人——以及專利號碼——什麼樣的專利？我打開電門，這架破舊機器竟開始運作；圓鐵棍樁擊一個固定的目標，整架機器像個老人般，竭力凝聚他最後的生命力，一拳拳掄下。這東西應是壓印機，雖然觀其結構，該屬於五分錢收票機那種時代的東西，可我想起，這個國家的人不會隨意丟棄東西，每一件東西都要用至壽終正寢（我想起曾在南定的一條後街看過一部老掉牙的電影《火車大劫案》，火車隆隆自銀幕駛過，觀眾也看得不亦樂乎），因此這臺壓印機還是很管用。

我仔細檢視這臺機器；發現白色粉末的痕跡。戴渥勒克登，我想，類似奶粉的東西。卻不見鐵桶和模子的蹤影。我回到辦公室，走回修車場，我很想拍拍那輛老爺車的擋泥板，也許它還得好生修上一陣，但它也曾風光一時……潘先生及其僱員此刻正在某片稻田中，正趕往戴將軍總部所在地的聖山。最後我高聲呼喊「潘先生！」我想像自己已然遠離修車場，遠離大道和理髮師，回到了那片廣袤的稻田中，那是我往西寧途中曾經避難之處。「潘先生！」我看見一個人自稻稈中回首。

我走回家，露臺上那些老嫗突然一陣喧嘩，對我來說那聲音比鳥語還要難懂。鳳不在屋裡，僅一張字條交代她跟姊姊一起。我還是很容易累，躺上床，然後就睡著了。我醒來時，望向夜光鬧鐘，一點二十五分，我轉過臉，以為鳳會睡在我身邊，但是，枕頭是鼓漲的，沒人睡過的痕跡。她一定在那天換過床單，因為有甫自洗衣店取回的乾爽感覺。我起床，打開她放置圍巾的抽屜，圍巾全都不在了。我走到書架前，擺放其上的皇室生活攝影集也不翼而飛。她把她的家當都帶走了。

在震驚與漠然之中我並不感覺痛苦，痛苦大約自清晨三點始，那時我開始為今後的生活作打算，我總得活下去，回憶過去種種以便將其由腦海抹去。美好的回憶最難消受，我試著回想些不愉快的事。我是有過經驗的人，從前遭受過同樣的痛苦，我知道我會清楚怎麼做，但我已然老得多了——我覺得我沒剩什麼氣力再去重建自己。

3

我去美國公使館找派爾，欲進入使館須先在門房填一份表格交給憲兵。憲兵說：「你沒寫來訪的目的。」

「他知道就成。」

「那麼，你們約好了？」

「你可以那樣寫，若你高興。」

「我猜，你大概會覺得很多餘，但我們非得小心不可，這一帶龍蛇混雜。」

「我也聽說過。」他換另一邊口腔咀嚼口香糖，走進電梯。我在門口等他，一會見到派爾我還不知道要說什麼，這種當面理論我從來沒經驗。那個憲兵回來了，他勉強說道：「你可以上去了，二樓，十二號A房。」

我進入他說的那間房，派爾不在裡面，喬坐在辦公桌後，這位經濟專員，我始終記不住他的姓。鳳的姊姊從打字檯後伸出頭來望向我，從那雙貪婪的黑色眼睛內，我看到的是不是勝利的神色？

「請進，請進，湯姆。」喬大聲嚷嚷招呼道，「真高興看到你，你的腿傷好了嗎？難得見你造訪我們這小圈子。拉張椅子坐，談談你對最近戰況的看法。昨晚在大陸飯店看到格蘭傑，他又去北部了，那傢伙嗅覺靈敏，哪裡有消息哪裡就有格蘭傑。來根菸，別客氣。你認識荷小姐吧？我沒法全部記得這類姓名——對我這樣的老頭來說太困難了。我都叫她『嘿，那裡的』——她倒也喜歡。沒有半點陳腐的殖民地調調。市場有沒有什麼傳言？湯姆。你們那行的人個個都是順風耳。聽到你的腿受傷我們都很難過。愛爾登告訴我——」

「派爾在哪？」

「噢，愛爾登，他今早不在辦公室，大概在家，他許多工作都在家做。」

「我知道他都在家做些什麼。」

「那孩子很靈敏，唔，你方才說什麼？」

「反正，我知道有件事他是在家裡做。」

「我不懂，湯姆。遲鈍的喬——就是我，我向來這樣，永遠是這樣。」

「他在家與我的女人睡覺——就你那打字小姐的妹妹。」

「我不懂你的意思。」

「你問她，她撮合的。派爾搶了我的女人。」

「聽我說，弗勒，我以為你來這裡洽公，你不能在辦公室裡吵鬧，你知道。」

「我來這找派爾，但他躲起來了。」

「喂，別人說這種話還情有可原，你可不應該，愛爾登是怎麼對你的。」

「噢，對，對，當然，他救了我的命，可不是？但我可沒要他救我。」

「他冒很大的險救你。那孩子真夠膽量。」

「我管他該死的膽量。他身上怕有些東西比膽子還要厲害。」

「此刻我們不宜說這類諷刺的話，弗勒，有位女士在場。」

「我老早就認識這位女士，她在我這裡揩不到油水，不過她從派爾身上弄到了。好吧，我知道我表現得很沒風度，而且我還要繼續沒風度下去。這種情況沒法讓人有風度。」

「我們有很多公事要辦，有一份橡膠產量的報告——」

「別操心，我馬上走人。但只要轉告派爾回我電話，他要懂禮貌就該親自回訪。」我又對鳳的姊姊說：「我希望妳已得到財產贈與書，由法院公證人、美國領事和基督教科學教派共同見證。」

我退出辦公室，隔著走道對面有一扇門，上面標示「男廁」。我走進去，鎖上門，坐下，並把頭靠在冰冷的牆上，我哭了。直到現在我沒哭過。他們連廁所都裝空調，此刻調節過的適溫空氣吸乾了我的眼淚，吸乾了口中的唾沫，也吸乾身體裡希望的種子。

4

我把事情交代杜敏克斯處理，隻身來到北部，我有一些朋友在海防市的蓋斯岡中隊，我可以在那兒的機場酒吧檯消磨許多時光，或在外頭的石子路面玩保齡球。論公事我是身在前線，我可謂具備格蘭傑的敏銳，但相較發豔之旅，此行的新聞價值就差得多。不過，既要報導戰爭新聞，職業的自尊會要求你適時深入險境。

但參與戰鬥行動不易獲准，即便只是很短的時間也不容易，因為按河內發出的命令，我只能參與水平空中突襲。這場戰爭的空中突襲像坐巴士旅行一樣穩當，我們的飛行高度在重機槍的射程範圍之外，絕對的安全，除非飛行員操作失誤或機件失靈。我們按時間表準時出發，按時間表準時回家；裝載的炸彈斜雨般落下，螺旋狀的濃煙自路口橋梁冉冉上升，然後往回巡航以趕上喝餐前酒，接著就在石子路玩保齡。

一日清早城裡聚餐，我正與一個年輕軍官聊天，喝白蘭地摻蘇打，他十分渴望能有機會去越南端碼頭玩，這時傳來出勤的命令。「想去嗎？」我說想去。即使只是水平空襲也不失為一種殺時間和消除煩惱的方法。

車子開到機場，他說：「這次是垂直空中突襲。」

「我以為我沒獲准——」

「只要你不寫出來就行。這次你可以看到一部分以前你無緣一見的中國邊境風光，在萊州附近。」

「我以為那裡全無戰事——而且仍在法軍掌握？」

「本來是，但兩天前越盟搶去這塊地方，我們的空降部隊距那只有幾小時路程之遙。我們要讓越盟軍隊龜縮在洞裡，直到我們奪回據點。因此我們要低空俯衝作機槍掃射。我們只能抽調兩架飛機——一架已在那裡幹活了。俯衝轟炸以前去過嗎？」

「沒有。」

「對不習慣的人會有點不舒服。」

蓋斯岡中隊只有小型的B—二十六轟炸機—法國人喚這種機型作娼妓，因為機翼短，看不見支架。我被塞進一個只有腳踏車椅墊大小的金屬椅位中，膝蓋頂著領航員的背。我們飛至紅河，緩緩爬升，而此刻的紅河真是恰如其名。彷彿你及時返回遙遠的過去，以古老地理師的眼光見到這條河、時間正是落日餘暉映滿整條河川的剎那，故始以斯名喚之。然後我們在九千呎的高度轉向前往黑河。黑河亦真是一片漆黑，陰影滿布，角度的關係，光線無法探入，峭壁深谷構成巨大莊嚴的景觀，叢林環繞，在我們腳下儼然聳立。丟一個中隊到這灰緣駁雜的天地裡恐都將覆滅無蹤，還不如在稻田裡丟一把硬幣還容易找些。遠遠的前方有一架小飛機像蚊子似地兜轉，我們要接替它。

我們在瞭望塔和綠色合抱的村落上方盤旋兩次，復盤旋上升，駛入陽光眩目的上空。名叫杜英的飛行員轉頭向我眨眼；他的儀表板上有機槍和炸彈艙的按扭。當我們開始俯衝，我有種通便的感覺，這種感覺總是伴隨任何第一次新經驗而來——第一次跳舞，第一次晚宴，第一次做愛。我想起一九二〇年英國溫布萊博覽會中的雲霄大飛車，當飛車衝到最高點的時候，你絕對不會掉下來，雖然你整個人倒轉，頭重腳輕，過去的經驗逼迫你陷在軌道上。在我們俯衝之前的一瞬，我正好瞄見儀表板，高度三千米。現在我什麼感覺都有，但又什麼也看不見。我被迫猛頂著領航員的背；我的前胸好像讓巨大的重物壓住。我不知道炸彈是什麼時候擲下；接著是噠噠噠的機槍掃射聲，座艙裡滿是煙硝的氣味，我胸前的重壓忽然消失，我們在急升，跟著我的腸胃整個陷落，自軀殼脫離，自殺一般直向地面飛撞。有四十秒之久派爾消失，寂寞也不復存在。當我們爬升到一個弧形的頂點，我從邊窗看到許多指向我們的煙團。第二次俯衝之前我感到害怕——怕出醜，怕把穢物吐在領航員的背上，怕我上了年紀的肺承受不住壓力。在第十次俯衝之後，我唯一知道的事是我很憤怒——這趟任務太漫長了，該回去了。又一次陡然急升以脫離機槍的射程，窗外又是指向我們的煙團。這個村落四面八方被山團團包圍，每一次我們必須以同樣的路線逼近，通過同一個山口，根本無法變換攻擊模式。當我們第十四次俯衝時（我猜想），我總算不必再害怕出醜，「他們只剩一挺機槍可以掃射。」我們再度拉起機翼飛上安全高度時——也許他們連一挺可用的機槍都沒有。四十分鐘的任務感覺無止無盡，卻暫時拋開了私人的煩惱鬱悶。我們轉向回航時，已經日薄西山；地理專家的時刻已過，黑河不再漆黑，紅澗已變成金河。

我們又一次向下俯衝，把夾纏斷續一直延伸到河畔的叢林拋在後面，到了荒蕪的稻田上方把機身拉平，然後像子彈似的瞄準一條黃色小溪中的舢舨，機砲給了它一枚曳光彈，舢舨在飛濺的水花中炸成碎片。我們甚至等不及看我們的肉靶是否在掙扎求生，就已爬升繼續回航。我又陷入沉思，就像上回我在發豔看到小孩屍體時一樣，我想我討厭戰爭。如此突然又隨機地選中一個獵物是何等令人震驚——我們只是偶然經過，只消一顆彈丸，地面毫無還擊之力，然後我們飛離，只為這個世界再添幾個冤魂。

機長杜英對我說些什麼，我戴上耳機。他說：「我們繞點遠路，石灰岩上的落日非常美，你不能錯過。」他的語氣如此平和，很像一個主人向客人炫耀他漂亮的家產。我們尾隨落日一百哩，越過達隆灣。這位戴著頭盔的戰神熱切望向窗外，望向下面連綿的金黃樹叢，雄偉壯麗的山巒，嶙峋的石灰岩丘；而此刻殺戮所致的傷口已停止淌血。

5

杜英機長堅持那晚他要作東上鴉片煙館，雖然他自己不抽。他說他愛聞那味道，他喜歡在一天將結束的時刻享受一下寧靜的氣氛，但因職務的緣故，他必須節制休閒。有些軍官也抽大煙，但因他們是陸軍，須靠鴉片放鬆緊繃的精神。我們躺在一個小隔間裡，隔間像學校宿舍似的排成一長列。經營煙館的中國人幫我把煙管裝填好。自從鳳離開後我還沒抽過煙。走道對面有一個混血女子，有雙修長可愛的腿，她抽完鴉片，蜷曲身子側臥在那裡看婦女刊物。在她旁邊的隔間裡兩個中國人正喝茶談生意，他們的煙管擱在一邊。

我說：「那條舢舨——回程中的那條——做了什麼壞事嗎？」

杜英說：「誰知道，我們受命摧毀整條河域看得見的任何東西。」

我開始抽第一管煙，盡量不去想我在家中抽大煙的情景。

杜英說：「今天的情況，在我的印象中還不算太窩囊。在村落的上空，他們很可能擊落我們，我們的處境和他們一樣危險。我看不起的是汽油彈，從三千呎的高空拋下，自己保證安全。」他做了個無奈的表示，「你看整片森林在燃燒，天曉得在地上看是何等景觀，可憐鬼被活活燒死，火焰洪水般將他們裹捲，像全身浸水似的浸在火海中。」他氣憤說道，氣憤全部他無法理解的世界。「我並非為殖民戰爭賣命，你想我願意為那些紅色土地的殖民主子幹這種事嗎？我寧願受軍法審判。我為他們賣命，他們卻把罪過全推給我們。」

「那個舢舨就是例子。」我說。

「對，那個舢舨只是其中一例。」他望著我，我伸手去接第二管煙，「我羨慕你的逃避方式。」

「你不知道我在逃避什麼，不是逃避醜惡的戰爭，那與我無關，我從不介入。」

「你終究會捲入，終有一天。」

「不會。」

「別忘了你的腿還一拐一拐的。」

「他們有權對我開槍，其實他們並非有意射我，他們意在摧毀瞭望塔。一個人即便走在繁華的倫敦皮卡迪利街，也得躲開亡命之徒。」

「總有一天會發生些什麼，迫使你向某邊輸誠。」

「不會，我馬上要回英國了。」

「那次你給我看的照片……」

「那張照片被我撕了，她已離開我。」

「對不起。」

「這是常有的事。你自己先拋棄別人，然後風水輪流轉，輪別人拋棄你。我幾乎要相信冥冥中自有公理。」

「我也信。我第一次扔下汽油彈時閃過一個念頭：『這是我出生的村子，那是我父親的老朋友杜巴斯先生的住處。還有那位我小時候很喜歡的麵包師傅正在火海裡奔逃，而這火海是我一手造成的。』維琪市[1]的市民也不會向法國丟炸彈，我的心裡不比下面的人好受。」

「但你還繼續扔。」

「那只是牢騷，而且只是對汽油彈不爽。之外我有種維護歐洲的感覺。而且你曉得，對方也幹過不少傷天害理的事。一九四六年他們從河內撤退時，留下不少他們自己同胞的白骨，他們認為那此一同胞曾幫助過我們。停屍間裡的一個女子，他們不僅割掉她的乳房，還砍斷她男友的手腳，將他的手腳塞入——」

「這就是為什麼我不願介入。」

「那可不是什麼理性或正義之類說詞可解的，我們都因一時的情感衝動被捲入，然後就出不來了。戰爭總是拿來和愛情相提並論。」他感傷地望著對面那個混血女子，那女子舒展四肢正享受片刻的徹底平靜。他說：「要不然我也不會介入。那裡那個女孩因父母的緣故被捲入——假使這個港口淪陷，這女孩將有什麼下場？法國只能算她的半個祖國——」

「這裡會淪陷嗎？」

「你是新聞記者，會不會贏你比我還清楚。你清楚通往河內的道路每晚都被截斷埋設地雷。你清楚我們每年要損失一期的聖西耳軍校生，五五年我們差點被打垮。狄拉德將軍曾使我們風光得意兩年之久——僅止於此。可我們是職業軍人；我們得繼續戰鬥，直到那些政客喊停為止。或許他們會坐在一起合作達成和平協議，而停戰線就是當初的起戰線，所有這幾年的苦戰都將是白忙一場。」他那張曾在每次俯衝前對我眨眼的醜陋面孔，現在顯出職業性的粗魯表情，好像聖誕節戴著面具的小孩，雙眼自眼洞向外窺探。「你不會明白這其中的可笑，弗勒，因為你置身事外。」

「人生中許多事到頭只是白忙一場。」

他把手放上我的膝蓋，彷彿他是我的長輩，擺出很關照我的奇特姿態，說：「帶她回去，那比抽鴉片好。」

「你怎麼知道她肯跟我走？」

「我跟她睡過，還有派弘中尉也睡過，五百塊越幣。」

「很貴。」

「我看三百塊她就肯，但在這種條件下沒有人會去討價還價。」

可惜他的建議其實並不很好，男人的體能有一定的限度，在其他活動中消耗殆盡，這方面就力有未逮。我的體能被回憶所吞噬，雖然那晚我手下所觸摸的比我以前所熟悉的更美麗，但並非美麗就能掌握一切。她使用的香水也是我所熟悉的。我正要進入，忽然間，我失去的一切像鬼魅般展現更大的法力，使得橫在我面前的肉體完全失去吸引力。我移開身體，躺平下來，慾念已然洩氣漏光。

「對不起，」我說，「我不知道我是怎麼回事。」我在說謊。

她非常溫柔並自以為瞭解地說：「別煩惱，這種事很正常，鴉片的緣故。」

「對，」我說，「鴉片。」我倒真希望是鴉片的緣故。

---

1 二次大戰時德軍攻陷巴黎，維琪偽政權臨時國都所在（1940-1944），位於法國中部。

第二章

1

回到西貢不再有人接我，這還是第一回，感覺很怪。從機場出來真希望招輛計程車開去什麼別的地方，而不要回到卡提拿街。我心裡想，現在我的痛苦是否較離開前緩和了些？我努力說服自己相信已經緩和。當我到達樓梯間，看到房門開著。我一時喘不過氣，生起虛妄的希望。我向房門走去，非常緩慢，直到走至房門前，希望一直不曾破滅，我聽到椅子的嘎吱聲。走到門口我看有雙鞋，但不是女人的鞋。我遂快步走入，派爾把他沉重的身軀自椅中撐起，鳳過去常坐那張椅子。

他說：「嘿，湯瑪斯。」

「嗨，派爾，你怎麼進來的？」

「我碰到杜敏克斯，他正好拿信到你這，我要求他讓我待在裡面。」

「是不是鳳漏了什麼東西在這？」

「哦，不是，喬跟我說，你曾去使館找我。我想在你這談比較方便。」

「談什麼？」

他一時被我的問題愣住，很像小學生在學校慶典時上臺演講，卻不知說什麼才能像個大人。

「你出遠門了？」

「對，你呢？」

「哦，我到處跑。」

「還在玩塑膠的遊戲？」

他不悅地咧嘴一笑，然後說：「你的信件在那邊。」

我瞟了一眼就知沒什麼教我感興趣的信，有一封倫敦總報社的來信，有幾封看來像是帳單，一封是銀行寄來的。我說：「鳳還好嗎？」

他的臉忽然明亮起來，就像一具對某種特定的聲音會有反應的電動玩具。「哦，她很好。」他說完後把兩腿併攏，好像察覺自己表露得太多了。

「請坐，派爾。」我說，「對不起，讓我先看一下這封信，這是從我報社寄來的。」

我拆開信，意外之事來得不是時候。總編輯寫道，我上封信中所述關於混亂的印度支那局勢、狄拉德將軍之死與和平市的撤退等，他幾經考慮，已同意我的建議。他已派人暫代國外部編輯職務，讓我繼續留在印度支那，時間至少一年。「我們會保留編輯職位等你回來接任。」他重申這句話完全不可理解。他以為我中意那個位置，喜愛這家報社。

我在派爾對面坐下，把這封遲來的信重讀一遍。因為一時還沒有完全清醒，記憶沒有完全恢復，方才乍讀那消息時心裡還掠過一絲得意。

「壞消息？」派爾問。

「不是。」我心想反正早知道也沒用，延緩一年還不足以與人家的結婚成家相抗衡。

「你們還未結婚？」我問。

「沒有。」他臉紅起來——他真容易臉紅？「其實，我正期待特別假能獲准，然後回國在家裡結婚——能像點樣的。」

「在家鄉找個人結婚不更像樣嗎？」

「唉，我想——這事很難跟你溝通，你太愛譏諷。這樣做是為了表示慎重，我的父親母親都在場，她正式入我家門。這對她的過去也很重要。」

「過去？」

「你懂我的意思。我不想她帶著不名譽的過去留在家裡。」

「你要把她留在老家？」

「差不多。我母親是個非常賢淑的女人；她會帶鳳各處走走，給她介紹種種——你知道，使她融入生活圈，協助她為我預備一個舒適的家。」

我不知道該不該替鳳難過——她曾非常嚮往摩天大樓和自由女神像，但她不大清楚在這些背後她將面對些什麼：派爾教授及夫人，婦女午餐俱樂部；她們會教她打凱納斯特[1]？我想起第一晚在大世界看到她，她穿著白色洋裝，十八歲的纖足舞步輕靈。我憶起一個月前的她，薩姆大道上，在肉店與老闆討價還價。她能適應那種窗明几淨的新英格蘭式的小雜貨鋪嗎？連芹菜都用玻璃紙包裝？也許她能，我無法判斷。很奇怪，我發現自己竟像派爾一個月前一樣，不自覺說道：「要善待她，派爾，別勉強什麼，她也像你我一樣會受傷。」

「當然，當然，湯瑪斯。」

「她看起來那麼纖巧易碎，不像我們西方的女人，但也別把她當作——當作擺飾。」

「真有意思，事情結果多麼出人意表，我原先還很擔心這場談話，我以為你會很強硬。」

「我去越北部，有時間好好想了想，我在那裡看到一個女人，也許我體會到你在妓館所體會的相同感受，所以覺得她跟你回去也好，否則有一天我拋下她，她不就成了格蘭傑那種人要找的『妞』。」

「那我們還能保持友誼了？湯瑪斯。」

「當然可以。不過我寧可不再見鳳的面，這裡也有太多事物與她有關，所以我要另覓住處——

等我有時間。」

他鬆開交疊的雙腿站起來。「我好高興，湯瑪斯，我說不出我有多高興。這話我說過，我知道，但我真心誠意再說一遍，我實在希望是別人而不是你。」

「我很高興是你而不是別人，派爾。」這次面談並不在我預想中；我被表層的憤怒牽引，而不自覺致內層導向另一種結果。自頭至尾他的天真都使我生氣，我內心所作的若干判斷結果對他有利，因為我將他的理想主義（那種根據約克．哈定形成的不成熟觀念）與我酸刻的態度相比。唉，面對真正的現實我的態度不錯，但年輕不懂事就有錯嗎？在讓一個女子寄託終身方面，他豈不可能更合適？

我們敷衍地握手道別，但某種幾乎生根的恐懼驅迫我追到樓梯間叫住他。也許有一種預感從我的內心底層升起，也就是今晚下判斷獲致具體結果的那一底層。「派爾，別太信仰約克．哈定。」

「約克！」他從下面一層樓梯向上望我。

「我們是舊殖民民族，派爾，但我們學到了一點現實，我們學到不要玩火。那個第三勢力——書上寫寫，僅此而已。戴將軍只是個聚集數千徒眾的盜匪，他不是民主理想可以託付的人。」

他看我的樣子就像從信箱孔看誰在外頭，現在，他把信箱孔的蓋子闔上，把不受歡迎的打擾者關在外面。他的眼睛遂隱沒了。「我不懂你說什麼，湯瑪斯。」

「那些腳踏車炸彈，是個很好的玩笑，即使真有人掉了一條腿，可是派爾，你不能信任戴那種人。他們不會從共產主義手中救下東方。我們知道他們的行當。」

「我們？」

「舊殖民者。」

「我以為你不替任何一邊說話。」

「不錯，派爾，但如果你們那團人員中有人把事情搞砸，你就讓喬去處理，你帶鳳回家，忘掉第三勢力。」

「我一定永遠謹記你的勸告，湯瑪斯，」他一本正經說道，「好了，我會再來看你。」

「我想你會。」

2

幾星期過去，但種種因素使我一再懸置找新房子之事，不過並非我沒時間。年度的戰爭危機過去了；北部濕熱的季節雨也已停止；法國人從和平市撤退；東京三角洲的稻米戰和寮國的鴉片戰也已告終。杜敏克斯已能輕鬆應付南方的大小事情。終於我強迫自己付諸實行，去看一處被稱為現代建築（一九三四年巴黎世界博覽會所展示？）的公寓，地點在卡提拿街的另一頭，大陸飯店再過去。那是一位橡膠園主在西貢的臨時下榻處，他正準備歇業回國，所以想把房子連傢俱一併賣掉。他那一個個圓木桶內真不知裝的是什麼；至於他的收藏，成堆來自一八八〇年到一九〇〇年巴黎沙龍的雕刻。這些作品有一個共通處，而以一尊大胸脯、髮型特別的女人為代表，披在身上的薄紗不知怎地總是只露出屁股溝而遮去那塊戰場，這位橡膠老闆面對他浴室裡的羅普斯複製品就大膽多了。

「你喜歡藝術？」我問，他報我一聲嘻嘻奸笑。他是個胖子，一小撇黑色的八字鬍，稀落的髮絲覆蓋頂上。

「我最好的藏畫在巴黎。」他說。

客廳裡有一個菸灰缸，又高又特別，狀似一裸體少婦，頭上頂一個缽。有一些裸女抱著老虎的瓷器飾物。還有一個騎腳踏車的少女，衣服褪到腰部，頗為奇特。臥室裡，正對龐大的臥床，有一幅光面大油畫，畫中兩個少女睡在一塊。我問他，不要收藏品只要房子須多少錢，但他不同意將兩者分開賣。

「你不喜歡我的收藏？」他問。

「嗯，不喜歡。」

「我可以再加進一些好書，本來我想帶回法國。」他用鑰匙打開書架的玻璃門，讓我看他的藏書，其中有昂貴的插畫本《愛神阿芙羅黛媞》和《娜娜》，有一本《野丫頭》，還有幾本保羅．戴考克寫的性書。我真想問他是否連他自己也跟收藏品一起賣算了；他沉緬其中，也成了收藏品之一。他說：「如果你單身住在熱帶，這些收藏品會是好伴侶。」

我所以想念鳳，正因鳳不在身邊，事實就是如此，你因逃避而躲進沙漠，寂靜照樣在你耳邊叫喊。

「我想我的報社不會准我花錢買藝術品。」

他說：「當然收據上不寫。」

我慶幸派爾沒看見這種人，派爾心目中的「舊殖民主」已夠可厭，倘再見他，那正是找到活證據。我離開那裡時幾乎已十一點半，我老遠走到帕維隆去喝一杯冰啤酒。帕維隆是歐洲及美國女人的咖啡中心，只有那裡我才敢放心不會碰到鳳。真的，我十分清楚每天此刻她正好在什麼地方——她不是輕易改變習慣的人，因此，從橡膠園老闆的公寓出來，我必須越過馬路避開牛奶吧，因為這時候她正在那裡喝巧克力麥芽。我鄰桌的兩位美國少女，簡單清爽，青春煥發，正在吃冰淇淋。她們左肩都背著袋子，兩個袋子完全相同，上面各有一枚黃銅鷹徽。她們的腿一般細長，鼻子也彷彿一個模子做出來似的一樣高挺，她們吃冰淇淋的模樣，像在實驗室做實驗般專注。不知她們是否是派爾的同僚；她們的確是明媚動人，我也希望她們回她們的家鄉去。

她們吃完冰淇淋，其中一位看了看手錶說：「我們最好快走，去安全地帶。」我不經意設想，不知她們約定何事。

「華倫說我們不可在此逗留超過十一點二十五分。」

「時間已經超過了。」

「留在這裡會很刺激，我不知道是什麼事，妳知道嗎？」

「不太清楚，但華倫說最好別這樣。」

「妳說會不會是實況演習？」

「實況演習看得太多。」另一個女孩厭倦地說，就像遊民到處吃教堂的施捨吃到厭煩一般。她起身把冰淇淋的錢置於桌上，離去前她環顧四周，我在鏡子裡捕捉到她的側影，包括每一個角度的雀斑。店裡的客人只剩我和一個邋遢的法國中年女人，那女人正在化妝，仔細卻毫無意義。那兩個女孩幾乎不必化妝，最多輕點一下口紅，略梳頭髮。有一瞬那女孩的視線落在我身上，那不像女人的眼神，而像男人那樣直直望向前，腦中盤算著行動路線。然後她迅速轉身對她的同伴說：「我們最好離開。」我懶洋洋目送她們並肩走上被陽光曬裂的街道。對她們作非分之想是不可能的，她們中沒有任一位適合作骯髒情慾的獵物；她們不屬於滾綢的床單與汗膩的性事。她們上床是否還準備除臭劑？我發現自己一時很羨慕她們那種無性的潔癖世界，那與我所處身的世界多麼不同——這個世界，突然不知怎地，爆裂成許多碎片。牆上兩塊鏡子飛向我，半途崩裂。邋遢的法國女人跪在破碎的桌椅中。她的粉盒躺在我的大腿上，絲毫無損的開著，更不可思議的是我還安坐原來的位置，雖然我的桌子也加入法國女人周圍的災難之中。店內充盈一片奇怪的澆水聲，那是一種穩定的滴水聲，我望向吧檯，好幾排稀爛的酒瓶，好幾種液體交匯成一條彩色的溪流——紅色的波特、橙色的君度、綠色的夏翠絲，及霧黃色的茴香酒——遍地流淌。那個法國女人坐起來，平靜地向周圍搜尋她的粉盒。我把粉盒還她，她一本正經向我道謝，人還坐在地上。她的聲音我聽不真切。爆炸聲如此迫近，以致我的耳鼓還沒有從重壓中復元。

我氣憤地想道：「又一次塑膠炸彈的玩笑。現在韓先生還指望我寫什麼？」但當我來到卡尼爾廣場，縷縷濃煙使我發覺這不是玩笑。濃煙從國家戲院前停車場上燃燒的車輛冒出；車子的殘骸遍灑廣場，一個不見雙腿的男人躺在花圃邊上抽搐。人群從卡提拿街，從布納大道湧過來，警車的嗚嗚聲，救護車和消防車的警鈴聲，一股腦鑽進我那已受驚嚇的耳鼓。一瞬間我還沒想到鳳在廣場另一頭的牛奶吧裡。濃煙阻在中間，我看不到那一邊。

我邁步走入廣場，一個警察擋住我，他們已封鎖四周，邊緣圍成警戒線，以阻擋越聚越多的圍觀群眾，擔架隊已出動。我懇求我前面的警察：「讓我過去，我有一個朋友——」

「退回去，」他說，「這裡的每個人都有朋友在裡面。」

他讓位給一位神父進去，我想尾隨神父闖進去，卻被他拉回來。我說：「我是記者。」可遍尋不著我那裝證件的皮包，那天我沒帶出來嗎？我說：「至少你跟我說那裡那家牛奶吧情況怎麼樣。」濃煙逐漸退散，我勉力望去，太多人聚攏在那邊。他說了什麼我沒聽到。

「你說什麼？」

他又說：「我不清楚，退回去，你擋到擔架的路。」

我的皮包可能掉在帕維隆嗎？我正想轉身去找，卻看見派爾，他喚了聲「湯瑪斯」。

「派爾，」我說，「看在基督的份上，你的使館證件在不在？我們必須進去，鳳在牛奶吧裡。」

「不在。」他說。

「派爾，她在，她這時一向在那，十一點三十分的時候。我們必須找她。」

「她不在那，湯瑪斯。」

「你怎麼知道？你的證件呢？」

「我警告她別去。」

我轉身走向警察，我要推開他硬闖，然後急奔衝過廣場，我不在乎他可能開槍，可是「警告」這字眼忽然讓我清醒。我抓住派爾的手臂，「警告？」我說，「你這話什麼意思？什麼『警告』？」

「我要她今早不要來這。」

我因而憶及上午曾聽過的類似之言。「還有華倫？」我說，「華倫是誰？他也警告過那兩個女孩。」

「我不懂你說什麼。」

「一定也有美國人死在裡面，對不對？」

一輛救護車從卡提拿街突破人群駛入廣場，阻擋我的那個警察閃邊讓車子過。他跟他身邊的人吵起來，我趁機推著派爾闖過去。

我們來到哭嚎的人群之中。警察攔住場外的人，但對原本在場內倖免於難的人及第一時間進來的人則無力驅走。醫生忙得無暇顧及死者，所以死者為留給死者家人處理，猶如其家人財物，理當屬於其家人所有。一名婦人坐地上，將屍身零碎的嬰兒置腿懷中；她以斗笠覆蓋孩子，哀戚而漠然，安靜無聲地坐著。最使我震撼的是整個廣場完全寂靜。氣氛就像我曾看過某次教堂中的彌撒，除了禮儀人員發出的聲音之外，四處偶有歐洲人的哭泣和喃喃禱聲，然後又恢復寂靜，他們好像受到東方人自制、耐心和端莊氛圍的感染，不好意思多發出一聲響。花圃邊缺腿的軀幹還在抽搐，與切斷雞頭的雞隻沒什麼差別。從那人的上衣看來，他大概是個三輪車伕。

派爾說：「真可怕，」他瞪著他鞋子上的一片濕塊，以類似作嘔的聲調說：「這是什麼？」

「血，」我說，「你不曾見過？」

他說：「我去見公使前必須把它擦掉。」我想他已不知所云。他是頭一回目睹戰爭的真面目，他撐平底筏去發豔，那是出於一種學童式的幻夢，而且在他眼中軍人是另外一回事。

「你看到一桶戴渥勒克登有多厲害了。」我說，「如果交到錯誤的人之手，你看，」我用手按住他的肩膀，迫他望向四周。我說，「這個時間，女人與小孩最多，這是購物的時刻，有許多時間可以選，為什麼偏選這個時間？」

他虛弱地說：「這時間應該有閱兵遊行。」

「所以你希望炸中一些團長上校。可是遊行昨天就通知取消啦，派爾。」

「我不知道。」

「不知道！」我把他推向一灘擔架抬走後留下的血水中，「你不是應該消息很靈通。」

「我出城去了。」他注視腳上的鞋子說，「他們應該也跟著及時取消。」

「取消爆炸？錯過這場好戲？」我逼問他，「你以為戴將軍這次的實彈演習是個失誤？你搞錯了，他的目標就是這些人而不是閱兵遊行中的軍人。在戰爭中，女人和孩子才是新聞，軍人不是，這樣才能登上世界矚目的各大傳媒。你如願把戴將軍畫進地圖裡，派爾，你所追求的第三勢力和國家民主就在你右腳那隻鞋上。回去找鳳，告訴她你的英雄事蹟——這裡有不少可讓她擔心的同胞。」

一個體型矮胖的神父到處奔忙，手上端著盤子；盤子上以布巾覆物。派爾沉默良久，我也無話可說，真的，我已說得太多。他面色慘白，神情沮喪，一副欲昏厥之貌，所以我又想：「這樣逼他又有什麼用？天真的人就是天真，你無力苛責天真，天真永遠無罪，你只能設法控制它，或者去掉它。天真是一種瘋癡病。」

他說：「戴不可能做這種事，我確信他不會。有人矇騙他。共產黨——」

他以善良和無知築成難以攻破的防線。我留他在廣場上發呆，自己繼續走向卡提拿街，走向那幢可厭的粉紅色天主堂擋住去路的所在。已經有許多人擠向教堂，能夠為一個又一個的死者祈禱，他們必稍覺安慰。

不像他們，我應該慶幸感激，因為鳳不還活得好好的？鳳不是曾得到「警告」嗎？可是我腦中所浮現的是廣場上那具無腿軀幹，是母親腿上的嬰孩。他們沒有得到警告；他們的身分不夠重要。而且如果閱兵遊行照樣舉行，他們的命運就會不同嗎？他們不會為了好奇，為看軍隊，為聽演說，為拋鮮花而照樣擠到那個地方？一個兩百磅的炸彈不可能長眼睛選擇人炸。在你開拓民主的疆土時，要殺死多少殖民國的軍人才能使一個無辜的小孩或一個三輪車伕之死，死得有代價？我攔住一輛摩托三輪車，要司機載我去美荻碼頭。

1 某種用兩副牌一起玩的遊戲。

第四部

第一章

我給鳳一些錢，要她跟姊姊去看電影，如此可不讓她礙手礙腳。我獨自外出與杜敏克斯吃晚餐，十時整維格來訪，我已在自家等他。他抱歉自己不能飲酒，因為他太疲倦，飲後可能想睡，他說這天真是漫長。

「又有謀殺和暴斃？」

「沒有，是些瑣碎的竊盜案，幾件自殺案。這些人好賭，輸光的時候就自殺。我若知道要在停屍間消磨多少時間，當初我就不會幹警察。我恨透了阿摩尼亞的味道，我想，或許還是來杯啤酒好了。」

「我沒有冰箱，恐怕……」

「不像停屍間那麼方便。那麼來點蘇格蘭威士忌吧？」

我想起那晚和他一起下停屍間，他們將派爾的屍體拉出來就像拉一盒冰塊般。

「結果你又不回國了？」他問。

「你已查過了？」

「沒錯。」

我把威士忌遞給他，想讓他看看我是多麼鎮定。「維格，我希望你告訴我，為什麼你認為我和派爾的死有關。是不是我有動機——我要鳳回到我身邊？或是你以為我因失去她而報復？」

「不對，我沒那麼笨，沒有人會留他敵人的書作紀念。書在你那邊的書架上，《西方的角色》。這個約克．哈定是誰？」

「他就是你在尋找的人，維格，派爾是他殺的——大體來講。」

「我不懂。」

「他是那種較高級的新聞記者，他們所謂的外交記者。他堅持一個觀念，然後削足適履，改變一切情況以符合他的觀念。派爾出國來此，滿腦子都是約克．哈定的觀念，哈定以前到過這裡一次，他是從曼谷去東京的途中在此留候一星期。派爾錯在想把哈定的想法付諸實行。哈定的書中提倡第三勢力。派爾真去找了一個——一小群次級盜匪，徒眾兩千，加上幾隻馴服的老虎。他淌進混水裡去了。」

「你絕不淌混水，是嗎？」

「我始終盡力不淌進去。」

「但你失敗了，弗勒。」

不知什麼緣故，我想起杜英機長及那我在海防鴉片館裡的情景，感覺上那彷彿事隔多年，他當時說了什麼？像是我們每人遲早會因一時的情感衝動而被捲入。我對維格說：「你若去當神父一定很成功，維格，你用什麼好辦法使辦告解變得容易——如果有什麼需要告解的話？」

「我從不要求任何人辦告解。」

「但總有人自發向你告解？」

「有時候是。」

「是不是因為你的工作性質像神父，不能帶有情緒起伏，只可以同情同理？『弗瑞克先生，我得告訴你，我究竟為何打破那個老太婆的頭。』『好的，古斯塔夫，別急，慢慢告訴我為什麼！』」

「你真會作這樣怪裡怪氣的想像，你沒喝醉吧？弗勒。」

「當然一個嫌犯和一名警官作伙喝酒是不智之舉，不是嗎？」

「我從沒說你是嫌犯。」

「但假使酒精釋放了我心底想告解的欲望，你會保守告解祕密嗎？以你的職業而言，是不會對告解的內容保守祕密的。」

「常常，對告解的人而言守祕並不重要，即使是對神父告解。他做告解是另有動機。」

「使內心潔淨？」

「並非全對。有時他只是想看清自己；有時他只是對欺騙感到厭倦。你不是嫌犯，弗勒，但我很想知道你為什麼對我說謊。你在派爾死亡那晚見過他。」

「你憑哪一點知道？」

「我從來不認為你殺了他。你不太可能會用一支生鏽的尖鐵棍。」

「生鏽的？」

「從驗屍報告得到的資料。不過，我告訴你，那還不是致命關鍵，致命的是達可橋下的泥漿。」他伸過杯子來又要了一杯威士忌。「現在我想想看，六點十分你在大陸飯店喝了一杯酒。」

「對。」

「然後六點四十五分你在華麗飯店門口與另一個記者談話。」

「對，他是威金斯，這我都向你說過，維格，在那晚。」

「對，從那時候起我一直在查證。你還記得這麼詳細，記性真好。」

「我是記者，維格。」

「或許時間並非全都正確，但沒有人能怪你，不是嗎？因為你一會去這，一會到那。你沒道理把幾點幾分看得太重要。真的，如果你說得太精確那才有鬼呢。」

「我說得不精確嗎？」

「不太精確，你跟威金斯談話是在七點差五分的時候。」

「相差十分鐘。」

「當然，正如我所說的。而且你到大陸飯店其實才剛六點。」

「我的錶總是快些。」我說，「你的錶現在幾點？」

「十點八分。」

「我的錶十點十八分，你看我說的沒錯吧。」

他沒有費神看我的錶。他說：「照你的錶，你跟威金斯談話的時間有二十五分鐘的出入，那不太對，不是嗎？」

「也許我在心裡調整過時間，也許那日我曾調過錶。有時候會這樣。」

「我感興趣的是——」他說，「再給我一點蘇打水好嗎？你調的這杯酒好烈——你為什麼一點都不生我的氣。我這樣逼問你，你的感受應該不會很好。」

「我覺得很有味道，很像偵探小說。而且畢竟，你知道我沒有殺派爾——這話你說過。」

維格說：「我知道案發當時你不在現場。」

「我不明白你說我十分鐘在這、五分鐘在那，是希望證明什麼。」

「這樣就追出一點空檔，」維格說，「一點點時間的縫隙。」

「找出這點空檔做什麼？」

「派爾因此曾有時間來見你。」

「為什麼要費那麼大勁證明這一點。」

「因為那條狗。」維格說。

「還有狗爪上的泥？」

「那不是泥，是水泥。你曉得，那天晚上，牠跟著派爾在某處踩到未乾的水泥。我想起有棟公寓的底樓有建築工人在工作──現在還在做。方才我到此途中還看到他們。在這個國家，他們的工時還真長。」

「我在想有多少房子裡有工人和未乾的水泥，他們中可有人記得那條狗？」

「當然，我問過他們。但即使他們看過，也不會告訴我，因為我是警察。」他不再說下去，身子靠進椅中，同時望著手中的杯子。我有一種感覺，他突然想起一個類比，現在已沉入遙遠的思維之中。一隻蒼蠅爬在他手背上，他沒有趕牠走──這點與杜敏克斯不相上下。我感到一股深沉不可動搖的力量，因為我看出他可能在祈禱。

我站起來，穿過布簾進臥室，我進去並非要做什麼，只是為稍避開坐在椅子上的那種沉默。鳳那些全是圖片的書籍放在書架上。她把我的一封電報插在化妝品之間——從倫敦報總社來的什麼通知之類。我沒心情拆它。每一件東西都跟派爾來之前沒有兩樣。房間沒有變，裝飾物仍舊在所當在之處；只有我的心衰頹了。

我回到客廳，維格舉酒杯向嘴唇。我說：「我已沒什麼可告訴你了，完全沒有。」

「那麼我告辭了，」他說，「我想我不會再來打擾。」

到了門口他又回頭，好像還不願意放棄希望——他的希望或是我的希望。「那晚你去看的那部片子很奇怪啊，我以為你不喜歡時代劇，那片子叫什麼？羅賓漢嗎？」

「《美人如玉劍如虹》，我想，我得打發時間，我需要散散心。」

「散散心？」

「我們都有愁煩之事，維格。」我小心解釋道。

維格走後還得再一個小時，鳳才會回來，才能等到兩人相依為伴。說來真怪，維格的來訪把我的心情攪得好亂，就像一個詩人讓我品鑑他的作品，卻因哪個無心的舉措，我把那首詩毀了。我是個沒有專長的人——沒有人能把寫新聞當作正經專長——但我能輕易辨認出別人的專長。現在維格已回去了結他未完成的檔案，我倒希望我有勇氣喊他回來，並告訴他：「你說的對，派爾死的那晚我的確見過他。」

第二章

1

在往美荻碼頭的途中，我遇到幾輛救護車從堤岸市駛來，正往卡尼爾廣場奔馳而去。從街上行人的表情可以計算出謠言散播的速度，他們總先轉頭看一眼從廣場那邊過來的人，尤其像我這種期待與憂思縱橫滿臉之人。我比消息傳播的速度還快，因為那裡的人忙碌依舊，生活正常，絲毫未受到影響，在我進入堤岸市之前那裡還沒人知道這個消息。

我找到周先生的倉庫，登上周先生的家。一切跟我上回來的時候沒有兩樣。那一狗一貓從地板跳上紙箱，從紙箱再跳到手提箱，就像西洋棋中的兩個騎士，跳來跳去抓不著對方。嬰孩在地上爬，兩個老人還在玩麻將。只有那個年輕人不在。我剛踏進門就有個女人立刻去倒茶。那個老婦人仍坐床上望著自己的腳。

「韓先生？」我問道，茶遞過來，我搖搖頭，我沒心情再來一次沒完沒了的苦水折磨。「我無論如何必須見韓先生。」看來要以言辭使他們瞭解我的要求急迫是枉然了，但也許我拒絕喝茶的唐突舉止讓他們很不安，或者，也許是我的鞋子，像派爾一樣，上面沾有血跡，反正，沒多久，其中一個女人帶我出門下樓，經過兩條街道旗幟飄飄，把我留在一個我想在派爾的國家稱為「葬儀廳」的地方，裡面有許許多多石製骨灰罈，那是中國人的出土屍骨最終棲息之所。

「韓先生。」我對門廊裡一個中國老頭說，「找韓先生。」經過這樣一天，起先是橡膠老闆的煽情世界，繼而是廣場的血腥屍體，這裡似乎是再恰當不過的終點站。有人在裡面一間房呼叫，跟著那位中國老人讓開一步請我進去。

韓先生熱誠地親自迎來，並引我進入一間小小的內室，裡面有排黑色雕花、坐著很不舒適的椅子，在每個中國家庭的前庭你都能看到這種椅子，既不坐人，也不讓人想坐。但此刻我看出這些椅子剛被坐過，因為几上擺有五只小茶杯，其中兩只還有餘茶。「我打擾你們開會了。」我說。

「談生意而已。」韓先生有些迴避，「沒什麼重要。我隨時歡迎你，弗勒先生。」

「我剛從卡尼爾廣場來。」我說。

「我猜也是。」

「你已聽說——」

「有人打電話告訴我。所以我想最好暫時別去周先生那裡，今天警察會查得很緊。」

「可是你和這事並沒有牽連。」

「問題是警察得負責找到禍首。」

「這件事又與派爾有關。」我說。

「是的。」

「做這種事，真恐怖。」

「戴將軍不是個很受控制的人物。」

「而且塑膠也不是從波士頓運來做玩具的。派爾聽誰的命令做事？韓。」

「在我印象中派爾先完全聽命於他自己。」

「他是什麼身分？ＯＳＳ（戰略事務署）？」

「字首縮寫不很重要。」

「我能做什麼？韓，不能讓派爾下去。」

「你可以在報上揭發真相，或許你還是辦不到？」

「我的報社對戴將軍不感興趣。他們只對你們的人感興趣，韓。」

「你真想叫派爾先生煞車嗎？弗勒先生。」

「但願你看見他那時的樣子，韓，他站在那兒說這完全是一次悲慘的失誤，那裡應該正舉行閱兵，他說他要在見公使前把鞋子擦乾淨。」

「當然，你可以把你所知道的告訴警方。」

「他們對戴也不感興趣，而且你以為他們敢碰美國人？他有外交豁免權，他是哈佛學士，公使非常喜歡他。韓，那裡有一個婦人，她的孩子——她一直用斗笠蓋著。我無法從腦海裡除去這一幕，還有在發豔看到的那一幕。」

「你一定得設法平靜下來，弗勒。」

「他下次會闖什麼禍？韓，一桶的戴渥勒克登可以製造多少炸彈和多少孩子的屍骨？」

「你是否有心幫助我們？弗勒。」

「他毛毛躁躁闖進來，有人就得為他的失誤送命。真希望那時你們的人在南定下來的河道上把他做掉。那倒可以救不少人命。」

「我同意你的看法，弗勒，必須約束他一下。我有個可行的建議，」有人在門後輕輕咳嗽，然後大聲吐痰。韓先生繼續說，「如果你願意邀他今晚在老磨坊吃晚飯，時間在八點三十到九點三十之間。」

「這是什麼意——」

「我們會在途中找他談。」韓說。

「他可能會有別的事。」

「也許這樣做比較好，如果先叫他到你家——六點三十分，這樣他以後的時間就不會有別的事，一定可以去赴約。如果他答應跟你吃晚飯，你拿一本書到窗口，假裝借窗外的天光閱讀。」

「為什麼選在老磨坊飯店？」

「因為靠近達可橋——我想那裡可以找到一個說話不受打擾的地方。」

「你們會對他怎麼樣？」

「這個你不需要擔心，弗勒先生。但我保證會在許可的情況下儘量溫和行事。」

韓那些避不露面的朋友像耗子似的在牆後窸窣走動。「你願為我們辦妥這事嗎？弗勒。」

「我不知道，」我說，「我不知道。」

「早晚得做。」韓說。這句話提醒我杜英機長在鴉片館說過的話：「每個人遲早都要選邊站——如果他不想失去人性的話。」

2

我在公使館留張條子叫派爾來看我，然後我走到街上，準備去大陸飯店喝一杯。災禍現場已經清理乾淨；消防隊曾用水管沖洗廣場。那時我一點都不清楚那預定的時間和地點將變得何等重要。我甚至想整晚坐在吧臺邊，連約會也不去管它了。後來我又想道，也許我可以警告他，告訴他有危險——不管是什麼危險，使他因害怕而有所收斂。因此我喝完啤酒就回家。當我回到家，我開始希望派爾不要來。我想要看書，但書架上沒有一本書能引起我的興趣。也許我該抽鴉片，但沒人為我裝煙管。我不願意聽到腳步聲，腳步聲卻終於來了。有人敲門，我把門打開，但那只是杜敏克斯。

我說：「什麼事？杜敏克斯。」

他驚訝地望著我。「什麼事？」他又看看錶。「這是我每天到此地的時間，有沒有電報稿要發？」

「對不起——我糊塗了，沒有稿子。」

「可是，不要寫一篇爆炸案的追蹤報導嗎？要不要擬一篇什麼電報稿？」

「好吧，你幫我弄一篇出來，杜敏克斯。我不知道怎麼回事——也許因為事發時正好在現場，我被嚇得有點糊塗了，連電報內容的用詞都想不出來。」我拍打一隻在我耳邊嗡嗡叫的蚊子，卻看見杜敏克斯對我的動作本能地皺皺眉頭。「好啦，無妨，杜敏克斯，我沒有打到牠。」他咧嘴苦笑。他無法合理解釋他何以討厭殺生；畢竟，他是基督徒。基督徒曾從古羅馬暴君尼祿那裡，學會用人的屍體煉製蠟燭的方法。

「還有什麼吩咐沒有？」他問。他不飲酒，不食肉，不殺生——我羨慕他的心性溫和。

「沒有，只是今晚讓我單獨清靜一下。」我從窗口看著他穿過卡提拿街離去，一輛三輪車正停在我窗子對面的人行道邊，杜敏克斯要搭乘，但那車伕搖搖頭。或許他在等候某家店裡的客人，因為這裡並非供三輪車停放之處。當我舉手看錶，卻訝異我才等了不到十分鐘，然後，直到派爾敲門，這次我連腳步聲都沒聽到。

「請進。」但還是一如往常，他的狗先竄進來。

「很高興看到你的字條，湯瑪斯，今天上午，我以為你氣我氣瘋了。」

「也許是這樣。那景象不是頂好看。」

「既然你現在已知道了那麼多，再多跟你說一些也無所謂。下午我找過戴。」

「下午？他人在西貢？我想他是來看他的炸彈威辦的如何吧。」

「那是機密，湯瑪斯，我非常嚴厲的教訓他。」他的語氣好像他是一個校隊隊長，發現一個隊員違反他的訓練規則。不管怎麼樣，我仍懷一線希望問道：「你跟他了斷沒有？」

「我告訴他，再一次實彈演習失控，我們從此恩斷義絕。」

「你怎麼還不跟他斷絕往來？派爾。」我不耐煩推開他的狗，不然牠一直用鼻子接近我的腳踝。

「我不能——坐下！公爵——長遠來看，他是我們唯一的希望。如果他在我們的協助下壯大，我們可以靠他——」

「多少人得先送死，在你發覺——」但我看得出這種爭辯只是徒然。

「發覺什麼？湯瑪斯。」

「政治中沒有感恩這回事。」

「至少他們不會討厭我們像討厭法國人那樣。」

「你確定？有時候我們會對敵人感到一種愛意而對朋友感到仇恨。」

「你說的是歐洲人說的話，湯瑪斯，這裡的人沒那麼複雜。」

「這一點是你在這裡花幾個月時間所學到的嗎？再下去你就要稱他們孩子氣了。」

「不錯……從某種角度。」

「找個不複雜的小孩給我看看，派爾。當我們小時候，我們猶如叢林般複雜。當我們越老，才越單純。」但跟他說這些有什麼用？我們兩人的爭辯中都有不符事實的部分。我的大限到來之前，我將成為不單純的報社主筆。我起身走向書架。

「你找什麼?湯瑪斯。」

「噢,只是找我以前喜歡的一段文章。你能跟我一起吃晚餐嗎?派爾。」

「求之不得?湯瑪斯,我好高興你不再生我的氣。我知道你不同意我,但我們可以互不同意,不是嗎?仍然是朋友。」

「我不知道,我不認為如此。」

「畢竟,鳳比這一切還重要得多。」

「你真的這樣想嗎?派爾。」

「怎麼不是,她比一切都重要,對我,對你,湯瑪斯。」

「對我已不再重要了。」

「今天確實太使人震驚,湯瑪斯,但一星期後,你就知道,我們會忘記這件事,我們還要照顧受害人的家屬。」

「我們?」

「我們已經去電華盛頓,並且獲准可以動用我們的部分基金。」

我打斷他的話說:「老磨坊?九點到九點半之間?」

「隨你的意思,湯瑪斯。」

我走到窗口，太陽已沉到屋頂後，三輪車伕還在等他的生意。我向下看他時，他也正抬頭看我。

「你在等人嗎？湯瑪斯。」

「沒有，正好有段我在找的句子，」我把書拿起來就著最後一縷光線，為了掩飾我的動作，我朗聲讀道：

我驅車穿過巷弄街閭，鬼魅我都不以為怪異，
路人睜眼怒視，問我何方神聖；
倘不慎撞翻哪個衰鬼的車，
俺老子賠償損失啥了不得。
有錢真個大大爽快，嗨，呵！
有錢真個是大大快樂。

「那像是一種打油詩。」派爾帶著一種不甚欣賞的意味說。

「作者是十九世紀的一個成年人，這樣的詩人並不多。」我望向街道，三輪車司機已經走了。

「你這裡的酒都喝完了嗎？」派爾問。

「還有，但我以為你不——」

「也許我漸漸開始放鬆了。」派爾說，「受你的影響。我想你是我的益友，湯瑪斯。」

我去取酒和杯子——第一趟忘記兩樣一起拿，故又拿第二趟，然後再去取水。那晚做的每件小事都花我很長的時間。

他說：「你知道，我有一個很好的家庭，但也許父母略嫌太嚴。我們有一幢老式的房子，是栗子街老式房子中的一幢，在爬上一個山坡的右手邊。我的母親收集玻璃器皿，而我的父親，當他不忙他的本行——斷岩侵蝕研究——的時候，他就盡力搜尋所有達爾文的手稿和相關抄本。你看，他們活在過去裡。也許那就是何以約克．哈定會影響我如此之深。他似乎是屬於關注現代世局之人，而我父親則是孤立主義者。」

「也許我會喜歡你父親，」我說，「我也是孤立主義者。」

對一個向來沉默的人而言，派爾那晚說話的興頭可謂十分高昂。可是我並沒有專心聆聽，我心不在焉。我盡量說服自己，韓先生不會以粗暴激烈的方式處理，他會用別的方法。但在這戰爭中，我知道，不允許人猶豫考慮，人人使用到手的武器——法國人用汽油彈，韓先生用子彈或刀子。我斥責自己——但已太遲——我並沒有受命擔任法官，有什麼資格宣判別人的刑罰。我就讓他多說一會兒，然後我再警告他。他可以在我屋裡過夜，他們不太可能會闖進來。我想他是在講他以前的老褓姆——「她在我心中的地位真的比母親還重要，真忘不了她過去常做的藍莓糕！」我卻打斷他：

「你有沒有隨身帶支槍——自從那晚出事以後？」

「沒有，我們公使館有命令——」

「但你有特別任務在身。」

「槍其實沒什麼用，如果他們要幹掉我，他們一定成功。反正我平常視力就差得一如昏鴉，大學時代，同學叫我蝙蝠——因為一到晚上我的視力竟然跟他們一樣好。有一次我們在閒逛——」他又開始閒扯淡。我起身回到窗口去張望。

一個三輪車伕等在對面。我不太確定，雖然他看來很像原先那一個，但我想他不是，也許他真有客人要等。我想，派爾若待在公使館將最安全。那些人既已得到我的暗號，必定已將今晚計畫之事布署妥當，其中必定包括達可橋。我不懂為什麼或怎麼有人這樣蠢，但派爾當不至於笨到在日落後還跑去達可橋對面，只要他待在橋這邊，總是有武裝警察站崗巡邏。

「都是我一人在講話，」派爾說，「我不知道怎麼回事，但今晚我好像——」

「繼續講，」我說，「是我自己不想多說話，如此而已。也許我們最好取消今晚的晚餐約會。」

「別，不要那樣做。我曾覺得與你的交情斷了，自從——呃——」

「自從你救了我的命之後。」我說，卻無法掩飾我那自己撕裂的傷口的痛苦。

「不是，我不是指那個。不過也一樣，那天晚上在瞭望塔我們談得那麼多，不是嗎？就像我們末日將屆。我對你瞭解了許多，湯瑪斯。我不認同你，這是真的，但對你來說，也許不被捲入是對的。而且你堅決把持住，甚至在你的腿骨被打碎之後還是保持中立。」

「總會有改變的一刻，」我說，「某一剎那的情感——」

「你還沒到這時刻，我也懷疑你會有那一刻。而我似乎也不可能改變，除非死。」他興致高昂地說。

「連今早之事也不能使你改變？那樣的慘況還不足以改變一個人的觀點？」

「他們只算是死於戰禍。」他說，「雖說整件事是個悲劇，但交戰不可能保證絕對命中目標。無論如何，他們是死於正常不可違逆的因素。」

「如果事情發生在你做藍莓糕的老褓姆身上，你還能這樣說嗎？」

他不理會我這信手拈來的逼問，繼續說道：「以某種觀點，你可以說他們是為民主犧牲。」

「我不知道這話如何翻成越南文。」我突然覺得好疲倦。我要他趕快走開去死。然後我可以重新開始生活——從他闖到這裡來的那個點開始之前。

「你永遠不把我的話當真，是嗎？湯瑪斯。」他抱怨道，卻一臉歡愉若小學童，這似乎是他久藏身上特地待今晚才取用的表情。「我告訴你，今晚鳳去了電影院，你我就消磨一整晚怎麼樣？我現在沒事可幹。」這真像有人從外面指導他如何說話，以剝奪任何我能找藉口的機會。他繼續說：「我們為什麼不去夏萊德餐廳？自從那晚以後我都沒再去過那裡，吃的東西也不比老磨坊差，而且那裡還有音樂。」

我說：「我寧願不要想起那個晚上。」

「真抱歉，有時候我真是個大笨蛋，湯瑪斯，去堤岸市吃中國菜怎麼樣？」

「要找一家好飯店必須先訂位。你是不是不敢去老磨坊吃飯？派爾，那邊有十分安全的鐵絲網，橋上隨時有警察。而且你也不會笨到那種程度，竟開車到達可橋那頭去，不是嗎？」

「不是那樣，我只是想，找個能消磨久些的地方，今晚會很痛快。」

他不小心碰翻了玻璃杯，杯子在地上摔得粉碎。「有好運。」他脫口而出，接著又說，「抱歉，湯瑪斯。」我將碎片拾進煙灰缸裡。「你看我的建議怎樣？湯瑪斯。」玻璃碎片使我想起帕維隆吧檯上的酒瓶，及涓涓滴下的酒汁。「我警告鳳說我可能會跟你一起出去。」又用「警告」這個字眼，何等糟糕的字眼。

我撿起最後一片玻璃。「我在華麗飯店約人有事，」我說，「九點以前我會離開那裡。」

「這樣，我想我只好回辦公室。只是我很怕會有公事把我絆住。」

給他那樣一個機會也無妨。「別擔心會遲到，」我說，「萬一你被公事纏住，你辦完事就直接來這。我十點會到家，如果你抽不出身去吃晚餐，我就在這裡等你。」

「我會通知你——」

「不必麻煩。可以的話就去老磨坊，不行就來這裡。」我把最後的決定權交給我不相信的上面那位：祢可以出手阻止他，如果祢願意。桌上的一封電報；公使的一紙留言。如果祢沒有改變未來的神力，祢就根本不存在。「你走吧，派爾，我還有事要辦。」我感到不可理喻的精疲力竭，我聽到他離去，聽到狗的腳爪敲擊地面的聲音。

3

我出門時外面沒有三輪車，離此最近的三輪車要到奧和街才有。我遂走路到華麗飯店，在店外望了一會美國轟炸機下船的情形。太陽已下山，他們在弧光燈照射下工作，我根本沒想要製造不在場證明，只因為我跟派爾說過我要來華麗飯店，而且不知為什麼，我覺得我不想再多說一句哪怕是非不得已的謊言。

「晚安，弗勒。」是威金斯跟我打招呼。

「晚安。」

「你的腿好了吧？」

「現在沒問題了。」

「整理完今天的故事題材了？」

「我交給杜敏克斯去做了。」

「噢，他們告訴我你在現場。」

「是的，我在現場，不過最近太多報紙稿件，寫多了也用不上。」

「過去報紙的那股香味已不再，是吧？」威金斯說，「我們應該活在羅素和老泰晤士報的時代。快報的消息以飛船急送。唉，若在那時候，像之前這幕就可擠上一欄：豪華的旅館，轟炸機，夜幕低垂。這年頭夜幕不再低垂了，是吧？因為一個字值那麼多錢。」遠遠的夜空中傳來陣陣喧鬧笑語，有人打破玻璃杯，像派爾剛才那樣。聲音冰柱似地在我們頭頂凝固。「盞盞華燈照耀對對美女勇士。」威金斯臉上堆滿不齒引述這句詩。「今晚有節目嗎？弗勒，有沒有你欣賞的晚餐地點？」

「待會我就去，在老磨坊。」

「祝你用餐愉快，格蘭傑也會去那裡晚餐。他們應該特別做一番『格蘭傑之夜』的廣告宣傳，這樣可以吸引那些喜歡熱鬧的人。」

我向他道再見，就往隔壁的電影院走去。主角艾若弗林，不然可能是泰隆寶華（我分不清哪個是哪個），抓著繩索飛來飛去，從陽臺跳到地面，騎著無鞍的駿馬，奔向色彩旖旎的黎明。他救了一個少女，把敵人都殺了，然後過著美滿的生活。那就是他們所謂的男性電影，不過若是換成伊底帕斯，雙眼滴淌著血，悄然離開底比斯王宮的景象，對今天的生活會更有教訓的作用。沒有生活是美滿的。幸運曾在發豔和西寧的歸途中照顧派爾，但幸運不會久駐。他們有兩小時久可欣賞這根本不存在的美滿。一個法國軍人坐我身旁，手放在一個女孩的兩腿中，我羨慕他這種簡單的快樂，或痛苦——管他哪一種。電影沒播完我就離開戲院，叫了輛三輪車去老磨坊。

店有鐵網圍著以防有人投擲炸彈，兩名武裝警察在橋端值勤。店老闆，這位飯店的守護神（他被自己的法國勃艮地式的油膩烹調豢養得肥肥的），親自讓我從鐵網的門進去，那地方除了夜晚的悶熱，更混雜著閹雞和奶油融化的氣味。

「是不是來參加格蘭傑先生的聚餐？」他問我。

「不是。」

「一個人坐？」那一刻是我首次正視事情可能的結局，而必須作一個較有可能的回答。「一個人。」我說。這樣的回答幾乎等於大聲宣告派爾已死。

裡面只有一個廳，格蘭傑那群人占據了後面的一張大桌子；老闆給我一張最靠近鐵網的小桌子。那裡的窗子都是空的，為怕玻璃碎片傷人。我認識幾個格蘭傑邀請的人，我向他們點頭示意，然後才坐下。格蘭傑本人轉頭看別處。我有幾個月沒見過他，從派爾陷入愛河那晚之後只見過他一次。也許那次我說了什麼冒犯的話，刺傷了這隻貪杯的狐狸，因為當戴斯卜瑞夫人，公關官之妻，及新聞聯絡處的杜帕克少校向我點頭招手時，格蘭傑一臉不悅坐在桌首。那邊一個大個子的男人我想是儂阪旅館的老闆，另外一個我未見過的法國女夜，有兩三張面孔我只在酒吧檯上見過。看起來是一次安靜的聚餐。

我叫了一份帕斯地，因為我要等派爾來吃飯，也許事情出了差錯，他平安無事，而且只要我不開始用餐，好像總還有希望。但後來我又懷疑我的希望究竟是什麼，希望ＯＳＳ或管他什麼代號的單位好運？或是希望出現某種奇蹟——像所有人希望的一樣？希望韓先生安排談話的意思不是死亡之約？如果當時我們倆都在西寧的路上死了，問題就不會這麼麻煩。我面對帕斯地坐了二十分鐘，然後我叫了晚餐。快九點半，他現在不會來了。

儘管我不願聽，可是我還是在聽，聽什麼？尖叫聲？槍聲？或是外面警察的一舉一動？但無論哪種聲音我大概都聽不到，因為格蘭傑那伙人開始熱起來了。旅館老闆有副未經訓練但還不難聽的嗓子，他開始唱歌，當又一瓶香檳的瓶塞蹦開之後，所有人都跟著唱將起來。但是格蘭傑沒有唱，他坐在那裡，雙眼滿布血絲，遠遠瞪著我。我想他是否想找我打架；我不是他的對手。

他們在唱一支感傷的曲子，而我坐著毫無食慾，對面前那道查理公爵閹雞表示歉意，這時我想到鳳，從知道她未受爆炸波及之後這是第一次想到她。記得那晚派爾坐在瞭望塔的地板上等越盟兵，他說：「她好清新，像一朵鮮花。」我不客氣地回答他：「可憐的鮮花。」現在她將永遠沒有機會看到新大陸了，沒有機會學習凱納斯特的祕訣。也許她也將永遠失去保障。我有什麼權利把她看得比廣場的屍體還輕？苦難不因數字的多寡而有高下之分；一具屍體足以囊括整個世界感受的全部苦難。我竟以新聞記者的方式作判斷，以量多為重要，我已違背了我自己的原則；我已變得像派爾一樣偏執，現在我似乎覺得今後無論作什麼決定都將不再容易。我看看手錶，差不多已十點差一刻。也許他終於還是被事情纏住，也許有一個他所信仰的「人」代表他去把事情擺平，而他正坐在使館辦公室焦躁地解譯電碼。待會兒他就會到卡提拿街，登上我房間的樓梯。我想，如果他能來，我將把一切都告訴他。

格蘭傑突然從他桌子那邊起身，走向我這邊。他甚至連橫在他面前的椅子都視若無睹，他被絆了一下，正好以手扶住我的桌緣。「弗勒，」他說，「到外面來。」我在桌上放下足夠的飯錢就跟他往外面走。我根本沒有打架的心情，但在那一刻我倒很希望被他打昏算了，因為能用來減輕罪惡感的方法實在太少。

他將身體靠在橋欄上，兩個警察遠遠望著他。他說：「我要和你談一談，弗勒。」我趨近打擊距離內等待，他沒有動作。他像一尊在美國到處都有，但我想我很不欣賞的那種為賦予象徵意義的雕像——設計如自由女神一般差，且一樣無意義。他一動不動說道：「你以為我醉了，你錯了。」

「你要幹什麼？格蘭傑。」

「我要跟你說話，弗勒。我不要跟今晚那些法國佬坐在一塊。我不喜歡你，弗勒，但你懂英文，即使你的英文與我的英文不同。」微弱光線的照射下，他碩大笨重的身軀，像癱在欄杆上的一團肉，像一塊未經勘探的大陸。

「你要幹什麼？格蘭傑。」

「我不喜歡你們英國佬，」格蘭傑說，「我不知道派爾為什麼受得了你。也許因為他是波士頓人。而我是匹茲堡人，並以此為榮。」

「有何不可？」

「那種調調又來了。」他對我的腔調顯出嘲弄之意。「你們說話都像椅墊子，又軟又圓。你們顯得他媽的高高在上，你以為你什麼都懂。」

「再見，格蘭傑。我還跟人有約。」

「別走，弗勒，你有心肝沒有？我不能跟那些法國佬說話。」

「你喝醉了。」

「我只喝了兩杯香檳，只是這樣，你若身在我的處境你能不醉嗎？我一定要到北邊去。」

「你的意思是出了什麼問題？」

「哦，我還沒告訴你，是嗎？我一直以為大家都知道了。我今早收到我太太的電報。」

「說什麼？」

「我兒子患了小兒麻痺，而且情況不妙。」

「我為你遺憾。」

「你不必，又不是你的孩子。」

「你不能搭機趕回去嗎？」

「不能。他們要我寫一篇他媽的掃蕩行動報導，地點在河內附近，康諾利又正好生病。」康諾利是他的助手。

「真抱歉，格蘭傑，我若能幫你就好了。」

「今晚是孩子的生日，這裡的時間十點半正好滿八歲。所以我安排了這場香檳聚餐，因我原先不知道。現在我必須找個人說出來，我又不能跟這些法國佬說。」

「現在小兒痲痺已差不多可以治好。」

「我不在乎他殘廢，弗勒，只要能活著，換作我，不能走路就玩完了，但他還行，他頭腦聰明。你知道我剛才在裡面做什麼？當那些混蛋唱歌時，我在祈禱，我想如果上帝非要一條命，也許祂願意拿我的交換。」

「那你相信有個上帝存在？」

「但願我信。」格蘭傑說完以手摀住整個頭臉，好像說他在頭痛，其實為了掩飾拭淚的動作。

「我會喝個痛醉，如果我是你。」我說。

「哦，不要，我要保持清醒。我不要事後感到愧疚，我不願兒子死時我滿身酒腥。我妻子此刻也不能去喝個痛醉，不是嗎？」

「你不能叫你們報社——」

「康諾利不是真的請病假，他追一個妞追到新加坡去了。我還得為他隱瞞，如果他們知道了，他就要被炒魷魚。」他撐起癱在欄杆上的那團身體。「抱歉耽誤你，弗勒。我只是不得不找個人說一說，現在我要進去叫他們上菜。也真夠滑稽正好碰上你，而你最討厭我的談吐。」

「我替你做那篇報導，我可以冒充康諾利。」

「你不可能冒充，你的口音不對。」

「我並沒有不喜歡你，格蘭傑。我過去對許多事都像個瞎子……」

「唉，你和我，我們難兄難弟，但謝謝你的同情。」

我真與派爾有所不同嗎？我懷疑。我也非得淌進混水不可嗎？我豈不是也像瞎子般看不見以後的創痛？格蘭傑進去以後，我聽見眾人揚起嗓子祝賀他。我找了一輛三輪車坐回家。家裡沒有人等我，我坐著一直等到午夜。然後我下樓走到街上，沒有希望了，然後我看見鳳站在那裡。

第三章

「維格先生找過你了沒？」鳳問。

「有，他走了有一刻鐘了。電影好看嗎？」她已在臥室擺好煙盤，接著點燃鴉片煙燈。

「故事好可憐，」她說，「不過顏色好漂亮。維格先生找你做什麼？」

「他有一些問題想問我。」

「哪方面的？」

「東問西問，我想他以後不會來煩我了。」

「我最喜歡電影有快樂的結局。」鳳說，「你要抽煙嗎？」

「好，」我在床上躺下，鳳開始用煙針燒鴉片。

她說：「他們切斷那個女生的頭。」

「有這種怪事！」

「那是在法國大革命的時候。」

「哦，歷史劇，原來如此。」

「可是，還是很可憐。」

「我沒法太關心那些歷史人物。」

「還有她的愛人——他回到他的閣樓——他很悲痛，就寫了一首歌——你知道，他是詩人——不久以後，那些殺死他愛人的人都唱他寫的歌，那就是，〈馬賽曲〉。」

「聽起來又不像很久的歷史。」我說。

「他站在人群邊緣，人們唱著那首歌，他的表情很痛苦，他笑的時候你能看出他更痛苦，因為他在懷念他的愛人。我一直哭，我姊姊也是。」

「妳姊姊也哭？我不信。」

「她心腸很軟。那個討厭的格蘭傑也在那裡。他喝醉了，而且一直笑，可是電影根本不是好笑的，是可憐的。」

「別怪他，」我說，「他有理由高興，他的兒子才脫離險境。我今天在大陸飯店聽說的。我也喜歡快樂的結局。」

我抽完兩管後把頸脖靠上皮枕，並將頭放在鳳的腿上。「妳快樂嗎？」

「當然。」她不經意地說。我想我也不夠立場得到她認真一點的回答。

「現在又回到以前一般，」我說違心之言，「像一年前。」

「對。」

「妳好久沒買圍巾了。妳明天何不上街買買東西？」

「明天是祭典日。」

「哦，對，我忘了。」

「你還沒拆你的電報。」鳳說。

「還沒，我也忘了，今晚我不願再想工作的事。現在也太晚了，沒法寫些什麼。再說些電影劇情給我聽。」

「好吧，她的愛人想從牢裡救出她來。他扮成獄卒，衣服像小男生，帽子卻像大人。正當要偷溜進大門的時候，他的頭髮卻全都散開，然後他們就大喊：『一個貴族！一個貴族！』故事到這裡我就覺得不好，他們該讓他溜進去救出女孩，然後他們倆就靠他的歌賺很多錢，然後他們就可以去美國——或是英國。」她自認為很機智加上最後這幾個字。

「我最好先看看電報內容，」我說，「求求上帝，希望別是要我明天北上，我要靜靜和妳相處。」

她從面霜瓶罐之間抽出電報遞給我，我打開看：「再度深思來函。如你所願這次不再理性行事。已委託律師以遺棄訴請離異。上帝祝福你。愛你的海倫。」

「是要你北上嗎？」

「不是。」我說，「不必北上。我唸給妳聽，這是妳的快樂結局。」

她從床上跳下來。「那太棒了，我一定要跟我姊姊說。她會好高興。我要跟她說：『妳知道我是誰？我是第二任弗勒太太。』」

我的正對面，書架上那本《西方的角色》像櫥窗裡的畫像立著，一個理平頭的年輕人，腳邊一條黑色的狗。現在他已不能傷害任何人。我對鳳說：「你想不想念他？」

「誰？」

「派爾。」想不通何以直到現在，甚至在鳳面前，還是不能直呼其名「愛爾登」。

「我現在去好不好嘛？我姊姊會好興奮。」

「有一次妳在熟睡中叫他的名字。」

「我從來記不得我的夢。」

「你們在一起可以做許多事，他年輕。」

「你也不老。」

「還有摩天樓，帝國大廈。」

她稍微遲疑了一下說：「我要看峽大谷。」

「是大峽谷，妳搞錯了。」我拉她倒向床上。「對不起，鳳。」

「對不起什麼？這是大好消息。我姊姊——」

「對，去跟妳姊姊說，但先親一下。」她興奮地以嘴溜過我的臉，然後馬上起身走了。

我想起在大陸飯店那天，派爾第一次坐在我旁邊，望著對面冷飲小店的情景。自從他死後我一切都很順遂，但我多希望有這麼一個人存在，我能對他說：對不起。

一九五二年三月——一九五五年六月

大師名作坊 175

沉靜的美國人

作　者—格雷安・葛林
譯　者—何勁松、徐嘉俊
編　輯—張瑋庭
美術設計—蔡南昇
內頁排版—極翔企業有限公司
總 編 輯—嘉世強
董 事 長—趙政岷
出 版 者—時報文化出版企業股份有限公司
108019臺北市和平西路三段二四〇號三樓
發行專線—（〇二）二三〇六—六八四二
讀者服務專線—〇八〇〇—二三一—七〇五
（〇二）二三〇四—七一〇三
讀者服務傳真—（〇二）二三〇四—六八五八
郵撥—一九三四四七二四時報文化出版公司
信箱—10899臺北市華江橋郵局九九信箱
時報悅讀網—http://www.readingtimes.com.tw
電子郵件信箱—liter@ readingtimes.com.tw
法律顧問—理律法律事務所　陳長文律師、李念祖律師
印　刷—勁達印刷有限公司
二版一刷—二〇〇一年七月二十三日
三版一刷—二〇二〇年三月二十七日
三版二刷—二〇二三年十月二十七日
定　價—新臺幣三五〇元
（缺頁或破損的書，請寄回更換）

時報文化出版公司成立於一九七五年，
並於一九九九年股票上櫃公開發行，於二〇〇八年脫離中時集團非屬旺中，
以「尊重智慧與創意的文化事業」為信念。

沉靜的美國人 / 格雷安・葛林（Graham Greene）著；何勁松、徐嘉俊譯．– 三版．– 臺北市：時報文化, 2020.03
面；　公分．–（大師名作坊；175）
譯自：The Quiet American
ISBN 978-957-13-7963-0（平裝）
873.57　　108015198

The Quiet American
Copyright © Graham Greene, 1955
Chinese (Complex Characters only) Trade Paperback copyright © 2020 by
Published by arrangement with David Higham Associates Ltd.
through Bardon-Chinese Media Agency
All rights reserved.

ISBN 978-957-13-7963-0
Printed in Taiwan